9클래스 소드 마스터

WISHBOOKS FUSION FANTASY STORY

이형석 퓨전 판타지 장편소설

9클래스 소드 마스터 4

이형석 퓨전 판타지 장편소설

초판 1쇄 찍은 날 | 2019년 9월 9일
초판 1쇄 펴낸 날 | 2019년 9월 18일

지은이 | 이형석
펴낸이 | 예경원

기획 | 위시북스
편집책임 | 이규재
편집 | 위시북스

펴낸곳 | 예원북스
등록번호 | 제396-2012-000132호
등록일자 | 2012. 7. 25
KFN | 제1-461호

주소 | 경기도 고양시 일산동구 호수로 646-24 위너스21II빌딩 206A호 (우)10401
전화 | 031-819-9431 팩스 | 031-817-9432
E-mail | yewonbooks@naver.com

ISBN 979-11-365-0157-8 04810
979-11-6424-597-0 (set)

※ 이 도서의 국립중앙도서관 출판시도서목록(CIP)은 서지정보유통지원시스템 홈페이지(http://seoji.go.kr)와 국가자료공동목록시스템(http://www.nl.go.kr/kolisnet)에서 이용하실 수 있습니다.

9클래스 소드 마스터
4
WISHBOOKS FUSION FANTASY STORY
이형석 퓨전 판타지 장편소설
Wish Books

CONTENTS

▶Chapter 1◀

"좋았어!!"

냉정을 유지하던 베이칸이 자신도 모르게 주먹을 꽉 쥐며 소리쳤다.

[크에에에엑--!!]

구릉의 정상에서 샌드 서펀트의 비명이 요란하게 울렸다.

녀석의 포효가 격해질수록 주변의 몬스터들은 공포에 다가갈 엄두를 내지 못했다.

'덕분에 사냥에만 집중할 수 있지만…….'

카릴은 마치 서펀트의 죽음을 기다리는 듯 웅크리고 있는 몇몇 몬스터의 기운을 느끼며 생각했다.

'구릉의 주인도 편한 자린 아닌가 보군.'

쾅-!! 콰아앙--!!

콰가가강--!!

상공에서 추락한 샌드 서펀트는 역린에 박힌 화살이 괴로운 듯 마구 날뛰었다. 그러자 마치 지진이라도 일어난 것처럼 땅이 흔들렸다.

"어서 마무리를……!!"

"아직. 이제 2페이즈로 넘어간 거야."

"네?"

"수고했어. 솔직히 역린을 맞출 거라고는 생각 못 했는데. 파고들어서 공격할 수고를 덜었군. 차라리 비궁족으로 옮기는 게 어때?"

"무슨……."

베이칸은 이런 상황에 실없는 농담을 하는 카릴을 어처구니없다는 눈빛으로 바라봤다.

"역린을 건드리면 녀석의 비늘이 모두 솟아오르지. 화가 났다는 증거기도 하지만 그만큼 방어력이 약해지거든. 지금이라면 녀석의 목을 칠 수 있어."

"그렇다면 나도……."

우우우웅…….

그 순간, 카릴의 주위에 마력이 들끓기 시작했다.

온몸의 털이 쭈뼛 서는 것 같은 기분에 베이칸은 자신도 모르게 한 발자국 뒤로 물러섰다.

"네 몫은 충분히 해냈다. 사냥에 참가하는 건 상관없지만 잠시 숨을 골라."

"……."

베이칸은 카릴의 말에 대답을 하지 않았다. 하지만 본능적으로 그와 서펀트와의 일합에 자신이 끼어들 공간은 없을 것이라고 직감했다.

'뭐야? 완전히 다른 사람 같잖아.'

자신의 가슴 언저리까지밖에 오지 않는 꼬마에게서 느껴지는 노련한 사냥꾼의 눈빛. 베이칸은 압도되는 느낌을 받았다.

"대수렵은 여전히 진행되고 있으니까."

파앗-!!

카릴의 몸이 눈앞에서 사라졌다.

"……!!"

기껏해야 몇 초. 그는 어느새 서펀트의 배 아래로 질주하고 있었다.

콰드드드득……!!

샌드 서펀트가 지나간 자리는 마치 도랑처럼 움푹 파헤쳐졌고 잔해들은 사방으로 마구 튀었다.

카릴은 구릉에 솟아 있는 기둥에 몸을 비비며 정신없이 날뛰는 서펀트를 향해 검을 휘둘렀다.

'역린이 잘린 서펀트의 속도는 거의 2배 이상 증가한다. 광폭화를 시킨 것 같아 보이지만 오히려 이게 승부처.'

날카로운 이빨을 드러내며 녀석은 카릴을 향해 분노에 찬 포효를 지르며 튀어 올랐다.

[크라라라라--!!]

서펀트의 양쪽에 달린 아가미 같은 비늘이 벌어지자 그 안에서 푸른 연기가 뿜어져 나왔다.

그 순간, 카릴의 눈빛이 빛났다. 녀석을 중심으로 독의 고리가 만들어졌다.

엄청난 풍압과 함께 구릉의 중앙에서 솟구치는 연기.

그러나 그곳에 카릴은 없었다.

"이거지."

마치 기다렸다는 듯, 독이 뿜어지기 직전에 안쪽으로 파고든 카릴은 샌드 서펀트의 턱 아래로 검을 밀어 넣었다.

[크라락……!!]

황급히 그의 검을 피하려고 했지만 속도가 빨라진 만큼 오히려 자신의 몸을 제대로 가눌 수가 없었다.

검의 다섯 자세(Five Sword Step).

2번째 외뿔 자세(Unicorn Posture).

아래로 파고들며 검이 목을 관통하기 직전, 카릴은 얼음 발톱의 검 끝에 집중하며 궤도를 바꿨다.

무색기검(無色氣劍)-4식(式).

그와 동시에 얼음 발톱의 날에 마력이 집중되면서 아슬아슬하게 녀석의 뺨을 스친 검날에서 강렬한 폭발이 일어났다.

콰아아앙……!!

'독의 고리를 쓸 때 일순간이지만 서펀트의 움직임이 둔화된다. 그 순간 공격을 하면 역린의 충격이 있는 상태에선 제대로 움직이지 못하지.'

이론적으로는 간단해 보이지만 결코 쉬운 일이 아니었다.

독을 피하는 것에서부터 서펀트의 아가리 속으로 뛰어드는 것까지. 어지간한 강심장이 아니라면 절대로 할 수 없는 방법이었으니까.

"……."

베이칸은 카릴의 모습을 보며 넋을 잃은 듯 입을 다물지 못했다.

'저런 식으로 싸우는 거라면 나는 절대로 못 할 일이군…….'

자신도 모르게 땀이 흥건하게 생긴 손바닥을 바라봤다. 보는 것만으로도 긴장하게 되는 싸움.

고작 12살의 꼬마가 종이 한 장 차이로 목숨을 내놓을 만한 싸움을 한다는 것에서 그는 묘한 흥미를 느꼈다.

"후우……."

쓰러진 샌드 서펀트를 바라보며 카릴은 크웰 맥거번을 떠올라 쓴웃음을 지었다.

'당신이 알려준 사냥법을 이렇게 또 쓰게 되는군요.'

처음 서펀트를 사냥했던 건 북동쪽 화마의 산에서였다. 그때 황제는 직접 플레임 서펀트 토벌대를 만들었고 크웰 맥거번을 필두로 한 청기사단이 그 임무를 맡았다. 맥거번가에서 유일하게 그를 따라 사냥을 나섰던 자가 바로 카릴이었다.

크웰이 가르쳐준 검술. 크웰이 단련시킨 육체. 그것이 없었다면 자신은 과거로 돌아올 수 없었다. 부정할 수 없었다. 전생에 그가 올리번을 만나 그를 위해 싸웠던 시절엔 아무런 문제가 되지 않았다.

하지만 지금은 다르다. 제국을 향한 검은 결국 언젠가 자신이 크웰과도 대립할 수 있다는 가능성을 가지니까.

그것도 아주 높은 확률로.

[크르…… 크르르…….]

샌드 서펀트의 낮은 숨소리가 카릴의 귓가에 들렸다. 고통에도 불구하고 녀석은 여전히 그에게 덤빌 듯 날카로운 이빨을 보였다.

"마무리를 지으시죠."

베이칸은 자신의 허리춤에 있는 손도끼를 꺼내었다.

"이걸 쓰십시오. 도축에 쓰기엔 당신의 검이 아까울 것 같으니."

[호오…….]

알른 자비우스는 베이칸의 모습에 흥미롭다는 듯 그를 바라봤다.

[정말로 네게 마음을 연 것 같은데. 신기하군. 고작 이런 사냥에 이렇게 사람이 변하다니.]

'고작 사냥이 아냐. 이건 대수렵이다. 명예와 전통이 걸린 일이지.'

[그래 봐야 마물 한 마리 토벌하는 거잖아.]

카릴은 알른의 말에 옅은 웃음을 지었다. 천 년을 넘게 살아온 대마법사라도 세상의 전부를 아는 것은 아니니까.

'이해 못 하는 게 당연해.'

알른에게 있어서는 이민족과 야만족의 삶 따위는 일말의 관심도 없었고 알 필요도 없는 것이었으니까.

'자라온 환경이란 무서운 거지. 제국인이 동경하는 이상과 저들이 꿈꾸는 것은 다르니까. 미개해 보이지만 나름의 규율이 있는 거야.'

이제 자신을 바라보는 베이칸의 눈빛이 달라졌음을 알고 있다.

[잘 아는군.]

'나 역시 이민족이니까.'

그 순간, 알른 자비우스는 눈을 동그랗게 뜨고는 머뭇거리다가 그제야 낮은 한숨을 내쉬었다.

[맞아. 내가 깜빡했군. 가끔 널 보면 잊어버린다니까.]

카릴은 알른의 말을 들으며 쓴웃음을 지었다.

[크르르르…….]

그러고는 쓰러져 있는 샌드 서펀트의 목을 가볍게 두들기며 베이칸이 건넨 도끼를 물렸다.

"이 녀석은 죽이지 않아."

"네?"

"힘에 굴복하는 모습을 봐. 이 녀석은 그저 한낱 마물에 지나지 않는다. 태어나서 지금껏 그 누구에게도 져본 적이 없는 놈이 패배를 느꼈다. 어떤 기분일 것 같아?"

"……."

베이칸은 아무런 대답을 하지 못했다. 왜냐면 마치 샌드 서펀트가 자신과 똑같아 보였기 때문이다.

"그렇기 때문에 절대적인 충성도 가질 수 있지. 안 그래?"

"……맞습니다."

베이칸은 낮은 목소리로 말했다.

이미 승패는 결정되었다. 샌드 서펀트가 카릴의 앞에 머리를 조아리고 있는 상황에서 무조건 녀석의 숨통을 끊어야 한다는 억지를 부릴 수도 있었다.

대수렵이란 사냥감을 사냥했을 때에 의미가 있는 것이니까.

'하지만…….'

베이칸은 그런 바보가 아니다. 카릴의 전투를 본 순간, 이미 자신이 어떻게 할 수 있는 수준이 아님을 알 수 있었다. 오히려 녀석을 생포한 것으로 더욱 위용을 드높일 수 있었다. 그의 걱정은 사냥감을 죽이지 못한 것이 아니다.

'샌드 서펀트를 길들였다는 소식을 듣게 되면 대초원의 부족뿐만 아니라 나락 바위의 5대 일가들도 모두 카릴을 주목하겠지.'

순수한 강함이야말로 가장 고귀한 것이라고 여겼기에 카릴의 모습을 본다면 대초원의 부족들은 반발은 있겠지만 결국 그를 따를 것이다.

'5대 일가 역시 크게 다르지 않을지 모른다.'

바로, 그게 문제였다. 남부인이 야만인이라고 불리는 것은 오래된 힘의 논리를 따르는 전통을 숭배하기 때문이다.

남부에서 가장 강한 자. 디곤 일족의 밀리아나.

'남부의 패왕이라 불리는 그녀라면 순순히 카릴을 인정할 리가 없다.'

대초원의 부족과 나락 바위의 5대 일가는 확실히 남부에서 강한 세력을 가진 자들이지만 그들이 모두 모인다 하더라도 디곤에겐 역부족이었다.

'만약 디곤 일족과 일전을 벌이게 된다면……'

승패는 명백했다.

"걱정 마."

그때였다.

"나락 바위를 얻으면 녀석들은 자연스럽게 해결된다. 오히려 대초원을 얻는 게 더 어려울걸."

"……?"

의미심장한 표정으로 말하는 카릴과 달리 베이칸은 그의 말을 종잡을 수 없다는 표정이었다.

"……!!"

샌드 서펀트의 입에 남은 고깃덩이들을 모두 털어 넣고 있던 카릴은 그를 바라보지도 않은 채 무심히 말했다.

"기억하지? 생각해 둔 것이 있다고 했잖아."

"네? 아…… 네."

순간 등골이 오싹할 정도로 놀랐다.

마치 카릴이 자신의 마음을 읽힌 것 같아 베이칸은 자신도 모르게 당황한 듯 존댓말이 튀어나오고 말았다.

"일단은 돌아갈까. 이 녀석을 타고 가면 반나절이면 충분할 텐데."

[크르르르르……]

카릴이 샌드 서펀트의 눈꺼풀 주위를 가볍게 손바닥으로 두들기자 녀석은 기분이 좋은 듯 웃었다.

"……."

다만, 자신의 허벅지를 사정없이 물었던 송곳니를 바라보며 베이칸은 뭐라고 해야 할지 묘한 표정으로 그를 바라봤다.

"이게…… 정말인가."

"보시는 바 그대로입니다."

예상을 했지만 족장들의 표정은 가히 대단했다.

'혼자 보기 아까울 지경이군.'

카릴은 입을 다물지 못하는 그들을 보며 막사 밖에서 기다릴 미하일과 에이단을 떠올렸다.

"허……."

"말도 안 돼."

"하지만 확실히 샌드 서펀트입니다. 대수렵의 규율에 따라 죽여야겠지만 복종을 하는 맹수를 거두는 것 또한 사냥꾼으로서 명예로운 일일 겁니다."

"베이칸!! 자네가 어찌 그런……."

투 부족의 족장은 노성을 토해내며 그에게 소리쳤다.

"흐음."

천천히 고개를 끄덕이며 카릴이 나지막하게 말했다.

"아무래도 회의가 필요할 것 같은데. 베이칸, 기다려 줄 테니 족장들을 설득시켜 봐."

"알겠습니다."

카릴은 숨기지 않았다. 그리고 베이칸 역시 그의 말에 고개를 숙이는 것으로 이미 자신이 카릴을 따르고 있음을 공표했다.

'비궁족의 카르곤이라면 대초원을 가로지르는 데 얼마 걸리지 않을 테지. 투 부족 족장의 반발이 거세긴 하지만 비궁족까지 합류하게 되면 전세가 역전되는 건 시간문제일 터. 나머지는…….'

대수렵을 성공했지만 카릴 역시 그들이 쉽사리 마음을 열 것이라고는 바라지 않았다. 사냥꾼의 전통이라고는 하지만 사실 대수렵은 족장을 결정하는 예식 같은 것이었으니까.

수백 년간 이어온 부족이 단순히 사냥의 승자에게 자신들의 운명을 쉽사리 맡길 순 없는 일이었다.

그런 의미에서 카릴은 서두르지 않았다.

'파문은 만들었다. 이 이상 돌을 집어 던지는 건 의미 없어. 어차피 나머지는 호수 안에서 흔들려야 하는 것이니까.'

스르륵-

막사의 천막을 걷으며 카릴은 나지막한 목소리로 말했다.

"굳이 주저리주저리 말하지 않겠다. 하지만 족장들이여. 잘 생각해 봐라. 어째서 일족의 최고 전사가 나를 따르고자 하는지를."

"……."

"……."

막사를 떠나는 그의 뒤로 가볍게 두 손으로 포권(包拳)을 쥐며 인사를 하는 베이칸의 모습에 족장들은 더 이상 돌이킬 수 없다는 것을 깨달았다.

"어떻게 된 겁니까?"

"뭐가?"

"저 덩치의 마음을 사로잡은 방법 말이에요. 며칠 전만 해도 죽일 것처럼 바라보던 사람이 변태처럼 눈을 반짝이면서 카릴 님을 보고 있지 않습니까."

에이단은 카릴이 막사 밖으로 나오자마자 기다렸다는 듯 쪼르르 달려가 그의 옆에서 속삭이듯 물었다.

그런 그를 향해 카릴은 피식 웃었다.

"그건 네가 잘 알 텐데."

"……네?"

"너도 그렇잖아."

순간 에이단은 할 말을 잃고 카릴을 바라봤다.

"뭐, 뭐라는 겁니까. 나 참……."

"크큭."

그저 미하일의 옅은 웃음소리만이 나지막하게 들릴 뿐이었다.

"재밌는 녀석이군."

"누가 말입니까?"

비공정 안에는 단 두 사람만이 있었다.

이른 아침에 황궁을 들렀을 뿐인데 어느새 밤이 찾아와 별이 하늘 가득 차 빛나고 있었다. 고든 파비안은 궁정마법사인 카딘 루에르에게 뜯어낸 값비싼 카미주산 적포도주를 커다란 잔에 사정없이 부어 단숨에 들이켜며 말했다.

"셋 모두."

그의 등 뒤에 서 있는 남자, 부단장인 제이건이었다. 고든의 말에 그는 살짝 고개를 갸웃거렸다.

"3황자까지도 말입니까?"

제이건의 물음에 그는 묘한 미소를 지었다.

"가능성은 모두 있으니까."

"설마요. 단장님께서 그렇게 말씀하셔도 2황자와 유일하게 차를 마시지 않으셨습니까."

은근슬쩍 떠보는 그에게 고든은 아무렇지 않게 말했다.

"나쁘지 않더군. 하지만 역시 술이 더 맛있지."

꿀꺽- 꿀꺽-

목젖이 움직이는 소리가 요란하게 들렸다.

"그 말씀은 2황자보다 1황자 쪽으로 마음이 기우신다는 뜻이십니까?"

"제이건, 자넨 누가 차기 황제가 될 거라고 생각하지?"

"네? 으음…… 글쎄요. 그래도 가장 유력한 후보는 역시 1황자이지 않을까요. 들리는 평판으로는 2황자가 우위에 있으나…… 아무래도 핏줄이 걸림돌이 될 겁니다."

의외로 어려운 질문에 제이건은 마치 대답을 준비한 것처럼 막힘없이 말했다.

"핏줄이라……."

"귀족들은 명분을 중요시하니까요."

"우린 귀족이 아닌데?"

"예?"

적포도주 한 통을 금세 비워 버리고서 고든은 나머지 한 통을 뜯어 잔에 따르면서 말했다.

"황제께서 1황자 쪽을 원한다고 생각하는 건가?"

"……네?"

"내가 보기엔 딱히 그렇지도 않은 거 같던데."

"무슨 말씀이신지……."

담담하게 얘기하던 제이건은 생각지 못한 고든의 물음에 살짝 목소리를 떨었다.

툭-

고든은 제이건의 어깨를 가볍게 두들기면서 말했다.

"자넨 꽤 유능한 부단장이야. 교도 용병단을 위해서 이런저런 골칫거리들을 해결하기 위해서 노력하는 모습도 좋고."

"과찬이십니다."

"하지만 교도 용병단의 운명은 내가 결정한다."

꽈악-

어깨 위에 올린 손에 힘이 들어갔다.

뼈가 으스러질 듯한 괴물 같은 힘에 보통의 사람이었다면 당장에라도 비명을 질렀을지 모른다.

"당연한 말씀이십니다."

그러나 제이건은 이마에 맺힌 땀방울을 닦지도 않은 채 대답했다.

"그래?"

고든이 그 모습을 바라보며 남은 포도주를 들이켰다.

"꼬마들 싸움에 놀아나는 건 적성에 안 맞고…… 그래도 한 시대를 같이 했던 황제의 손을 좀 들어주는 것도 좋겠지. 조금 난장을 좀 피워볼까."

순간, 제이건의 낯빛이 어두워졌다.

그런 그를 놀리듯 고든은 비워 버린 잔을 아무렇지 않게 던지면서 말했다.

"우린 북부로 간다."

"각왕(角王)을 뵙습니다."

"승리를 축하드립니다."

막사의 천막이 열리고 대초원의 4부족 족장들이 모두 한자리에 모였다. 비궁족 족장인 스완 무카리는 만면에 웃음을 가득 띠운 체로 포권을 취하며 카릴에게 허리를 숙였다.

실로 오랜만이었다. 대초원을 두고 경합을 벌인 지가 수십 년인지라 4부족이 한자리에 모인 것 역시 그 정도의 시간이 흐른 뒤였다.

"스완 두(頭), 자네도 많이 늙었군."

"그러는 너야말로."

"크큭……."

투 부족의 족장인 투난은 스완 무카리를 바라보며 낮은 웃음을 지었다.

"결국 자네 계획대로 되었군. 대초원은 비궁족이 가져가겠지."

"내 계획이 아니야. 그의 계획이지. 우리가 대초원을 얻은 것처럼 자네들도 땅을 얻겠지."

"글쎄. 그건 지켜봐야지."

하지만 투난 역시, 다른 부족의 족장들과 마찬가지로 자신의 품 안에 있는 작은 뿔을 꺼내어 카릴의 앞에 내어놓았다.

"대수렵의 승자를 인정하는 표식입니다."

각각의 뿔은 오랜 세월이 흐른 것처럼 색이 변해 있었지만, 옆면엔 피로 새겨 넣은 문양이 각인되어 있었다.

"흐음."

"각왕의 증표입니다. 4부족이 인정하는 위대한 사냥꾼에게 주어지는 것이지요."

카릴이 그것들을 바라보자 스완 무카리가 말했다.

"이렇게 승리를 축하하기 위해 자리에 모든 족장이 참석한 것에 대해 감사를 표한다. 이 증표를 내게 주는 것은 나를 받들기로 결정을 내린 것이겠지."

"……."

"……."

족장들은 아무런 말을 하지 않았다.

하지만 여전히 막사 안에는 묘한 기류가 흐르고 있었다.

"지금까지 대초원은 4부족이 서로를 견제하며 균형을 이뤘었다. 하지만 균형이란 결국 통합되지 못함을 뜻한다. 지금 이 순간에도 제국은 북부를 토벌하여 영토를 넓히고 있고 공국은 마도병기를 개발 중이다. 시간이 지날수록 중앙 진출은 어려워질 것이고 남부와 북부의 사람들은 그들에게 잡아먹히겠지."

"마도병기……?!"

"그게 정말인가?"

"그런 소리를 듣지 못했는데."

카릴의 말에 막사 안의 사람들은 놀란 표정으로 그를 바라봤다.

에이단 역시 그 얘기를 다른 의미로 듣고 놀라워했다.

'암연에 있을 때 그런 임무로 공국에 파견된 자들이 있었던 것 같은데……. 아직 진위도 확인되지 않은 사실을 어떻게 알고 있는 거지.'

"……단순히 우릴 겁주기 위한 꾸미는 말이라면 가만있지 않겠소."

"지금까지의 날 봤을 텐데. 믿고 안 믿고는 그대들의 몫이지만 중요한 것은 지금 상황으로도 제국과 공국은커녕 삼국 중 하나라도 치는 것이 어렵다는 것이다."

카릴은 족장들을 바라봤다.

"그만큼 중앙 진출의 위업은 결코 쉬운 일이 아니다. 이들 중엔 여전히 나를 믿지 않는 자들도 있을 것이다."

"크흠……."

아무렇지 않게 말하는 그의 모습에 족장들은 낮은 탄식을 내비쳤다.

"지금 당장 나에게 충성을 강요하진 않는다. 나락 바위의 5대 일가까지 나의 편으로 돌아선다는 얘기를 들었을 때 마음이 생긴다면 나를 찾아와라. 정확히 두 달 뒤, 자유도시 타투르로."

"설마…… 중앙의 왕국들 사이에 있는 도시 말입니까?"

"맞아. 아는 사람도 있겠지만 그곳이 나의 거점이자 중앙 진출의 시작점이 될 것이다."

"제국과 공국에 껴 있는 그곳에 남부인이 보였다는 소식이라도 들리면 도착하기도 전에 죽을 겁니다."

"걱정 마라. 그렇기 때문에 두 달 뒤라고 얘기한 것이니까. 남부의 전사들이 움직일 수 있도록 안배를 취해둘 것이다."

"허……."

막힘없이 대답하는 카릴의 말에 족장들은 놀라움을 감추지 못했다. 지금까지 수십, 아니, 수백 년간 남부에 터를 잡아 살면서 언제나 중앙에 대한 꿈이 있었던 그들이었지만 번번이 진출이 좌절되었다. 그 꿈이 마치 실현 가능한 것처럼 카릴이 말하자 실로 설레지 않을 수 없었다.

"두 달이라고 명명하신 이유를 여쭤봐도 괜찮습니까? 5대 일가를 두 달 안에 통합하실 자신이 있으시다는 거로 생각해도 되겠습니까."

뒤에서 그의 얘기를 듣던 베이칸이 물었다.

"물론."

"……!!"

그리고 카릴의 대답에 다시 한번 족장들은 고개를 돌렸다.

"정확히 말하면 대초원의 4부족과 5대 일가가 중앙에 오를 수 있는 발판을 준비할 시간도 필요하니 5대 일가를 수중에 넣는 건 한 달 안이 되겠지."

"허……."

"그것참……."

너무나도 아무렇지 않게 얘기해서 누가 보면 마치 5대 일가가 고블린 토벌보다 못한 것처럼 들릴지 모른다.

"스완 무카리, 일전에 얘기한 것처럼 나락 바위로 갈 수 있는 최단 루트를 내게 안내해 주면 좋겠는데."

"물론입니다. 제 아들이 직접 카릴 님을 안내할 것입니다."

그의 대답에 카릴은 고개를 끄덕였다.

"나는 무리하게 그대들에게 강요할 생각은 없다. 모든 것이 확실해졌을 때 스스로 결정하라. 5대 일가를 통합하고 난 뒤에 대초원을 그대에게 넘겨주겠다."

"알겠습니다."

스완 무카리는 자신도 모르게 온몸에 털이 솟는 기분이었다.

'묻지도 않는군. 5대 일가를 손에 넣는 것이 마치 당연한 일이라는 모습이야.'

대초원의 다른 부족들과 마찬가지로 대수렵에 성공했다 하더라도 그 역시 카릴의 실력은 완전히 믿긴 힘들었다. 그렇기 때문에 5대 일가를 통합하는 과정에서 확신을 얻기 위해 자신의 아들인 키누 무카리를 대동시키도록 한 것이다.

"투 부족의 베이칸과 비궁족의 키누 무카리."

"네."

"명하십시오."

"그대들은 이제 나와 함께 나락 바위에 오를 것이다. 각오는 되어 있는가."

쿵-!!

"명예로운 일에 함께할 수 있게 되어 영광입니다."

"정상까지 안내하겠습니다."

두 사람은 동시에 무릎을 꿇었다.

두근…… 두근……!!

그 순간, 각 부족의 최고의 전사이자 이곳에 모인 자들 중에 가장 거구인 그들이 가장 작은 체구의 소년에게 고개를 숙이자 사람들은 이상하게 가슴이 뛰었다.

'허허…….'

'너무나 자연스럽구나.'

'저토록 저 자리에 꼭 맞았던 족장이 있었을까.'

지금 바라보는 이 광경이 앞으로 후세에 기억될 수 있도록 전하는 것이 자신들의 임무라는 걸 직감한 것일지도 모른다.

마치 새로운 시대, 왕의 탄생을 보는 듯한 전율이 느껴졌다.

"어때?"

"어울리네요. 사냥꾼 아버지를 둔 아들 같아요."

"크큭."

에이단의 말에 카릴은 피식 웃었다. 각왕의 증표인 뿔을 엮어 목걸이로 만든 그는 만족스러운 듯 만지작거렸다.

이곳에서 와서 처음으로 여유 있는 모습이었다.

'베이칸 덕분에 예상보다 반발 없이 4부족을 손에 넣을 수 있었어. 아직은 긴가민가하겠지만 나머지 5대 일가의 일을 끝내고 나면 달라질 터.'

타투르를 시작으로 아조르, 남부까지 쉼 없이 달려왔음에도 불구하고 카릴은 항상 시간이 부족했다.

'이제 곧 폐하의 건강이 위중해지시면 본격적으로 1황자와 2황자의 황권 전쟁이 시작된다. 그전에 남부를 통합하고 중앙으로 올라가야 해.'

샌드 서펀트 덕분에 이동 시간이 확연하게 줄어들었지만 그래도 그에게 주어진 시간은 한 달 남짓이었다.

'5대 일가도 일이지만 알른의 말대로 나락 바위에서 혈맥을 뚫을 수 있게 되면 그 힘에 적응하는 시간도 필요할 터.'

꽈아악-

카릴은 검을 꽂은 벨트를 조였다.

구릉에서 돌아온 지 고작 이틀. 쉴 틈 없이 그는 또다시 다음 행선지를 준비하고 있었다.

"다섯이서 가능할까요?"

미하일은 살짝 떨리는 목소리로 말했다.

그에게서 은은하게 풍기는 마력의 기운은 카릴이 자리를 비운 사이에도 그가 수련을 놓지 않았다는 것을 알 수 있게 하는 증표였다.

"남부를 향할 때 내 병력은 고작 둘이었어. 그리고 지금은 넷이 되었지. 무려 2배나 늘었는걸."

"여기서 저희들이 한 일이 있나요. 뭐."

"있지. 쌍두수리를 잡았잖아."

"에이, 그거야……."

카릴의 말에 그는 민망한 듯 머리를 긁적였다.

'네가 한 일이 얼마나 대단한 것인지 아직 모르겠지. 에이단이 있어서 가능했긴 하지만, 쌍두수리 정도의 마물을 두 사람이 잡는다는 건 제국의 손에 꼽히는 실력자들을 제외하면 분명 어려운 일이야.'

워낙 눈앞에 상식을 뛰어넘는 강자가 있다 보니 그저 자신의 강함을 체감하지 못할 뿐이었다.

[크르르르르……]

막사 앞에 똬리를 틀고 있던 샌드 서펀트가 카릴이 나오자 기다렸다는 듯 눈을 굴리며 머리를 조아렸다.

"근데 진짜 있을까요?"

"음?"

미하일은 스스로도 이런 말을 하는 것이 부끄러운 듯 잠시 머뭇거렸다.

하지만 눈앞의 거대한 마물을 바라보며 어린아이 같은 일말의 기대감이 드는 건 어쩔 수 없는 일이었다.

"정령왕(精靈王)."

나락 바위. 과거 마도 시대엔 청도라고 불렸던 그곳은 물이 부족한 남부 일대에서 유일하게 숲이 우거진 곳이었다.

"와……."

미하일은 황량한 사막에 이어져 있는 일대의 녹음을 바라보며 낮은 탄성을 지었다.

마력이 존재하지 않는 남부에서 마치 그곳만은 마력이 존재하는 것 같은 이질적인 모습이었다. 특히, 서펀트의 머리 위에서 내려다보니 그 특이점이 더욱 도드라져 보였다.

이색적인 녹음의 끝자락에 솟아 있는 절벽을 카릴은 감회가 새로운 듯 응시했다.

"저기는 5대 일가의 영역이지만 동시에 디곤 일족의 땅이기도 하지."

"맞습니다. 5대 일가의 수장인 창 일가가 디곤을 받들고 있으니까요. 나락 바위를 수호하는 임무를 맡은 것도 디곤의 명이라는 말도 있으니까요."

키누 무카리는 밀림 바깥을 가리키며 말했다.

"나락 바위에서 서쪽으로 좀 더 들어가면 창 일가의 본거지가 나옵니다."

"으음."

카릴은 천천히 고개를 끄덕였다. 그러고는 나뭇가지에 알 수 없는 가루를 뿌렸다. 나뭇가지는 흰 가루가 닿자마자 연기를 내며 타들어 갔다.

하지만 신기하게도 나뭇가지는 아무런 변화도 없었다.

"아까부터 뭘 하시는 건가요?"

미하일이 그 모습을 보며 신기한 듯 카릴에게 물었다. 나락 바위의 초입에 들어오고 나서부터 카릴은 틈틈이 바위나 가지 위에 그 가루를 뿌렸기 때문이다.

"이거? 시체 거미를 말린 가루야. 이렇게 연기가 나고 나면 아무것도 남지 않지. 무색무취."

"으음……."

카릴의 말에 미하일은 고개를 갸웃거렸다.

"일종의 표식이다. 제국인들은 모르겠지만 우리들만 알아볼 수 있는 특수한 방법이 있거든."

"그렇구나."

베이칸의 설명에 미하일은 알겠다는 듯 말했지만 여전히 의문이 남아 있었다.

'왜 표식을 남기시지? 이걸 볼 사람이 누가 있다고?'

하지만 그 의문에 대한 해답까진 듣지 못했다. 카릴이 가루를 털어내며 베이칸에게 말을 꺼냈기 때문이다.

"일단 창 일가로 가지 않고 바로 나락 바위로 올라갈 거다. 비전의 샘을 장악한 뒤에 창 일가를 만나는 것이 우리가 우위를 점할 수 있는 방법이니까."

"쉽지 않은 일일 겁니다. 카릴 님께서 5대 일가를 통합하신다는 건 그들에게 있어 디곤에 대한 반역과도 같으니까요."

"표면적으론 디곤의 수하들은 아니잖아."

"그렇긴 하지만……."

"문제 될 것 없어. 게다가 나락 바위가 공략되고 난 뒤엔 디곤들이 날 찾아올걸."

"……."

베이칸과 키누는 카릴의 계획을 도무지 종잡을 수 없어 서로를 바라볼 뿐이었다.

"후우."

카릴은 피투성이가 된 얼음 발톱의 검날을 천으로 닦으며 낮은 숨을 토해냈다.

"크륵…… 크르륵!!"

트롤의 비명을 들으면서 카릴은 뻐근한 듯 기지개를 켰다.

'확실히 사냥꾼 출신이라 마물을 상대하는 법을 잘 아는군. 덕분에 올라오는 속도도 빠르고.'

나락 바위 입구에서 그들이 처음 만난 몬스터는 트롤이었다. 오크보다 뛰어난 신체를 가진 녀석들은 인간형이지만 비정상적으로 긴 팔다리와 튀어나온 주둥이 위로 기다란 송곳니가 나 있었다.

까다로운 몬스터였지만 베이칸과 키누를 필두로 에이단과 미하일이 뒷받침하자 손쉽게 사냥할 수 있었다.

'네 명에 불과하지만 이 정도면 모두 기사급의 실력을 갖췄다고 봐도 좋겠군. 베이칸과 키누는 마력을 가지지 않았음에도 에이단에 밀리지 않는 전투력을 가졌으니까.'

마력은 강력하지만 마력이 절대적인 것은 아니다. 전생에 카릴이 그것을 증명했으니까.

[저 덩치는 그렇다 쳐도 키누란 녀석도 만만치 않은 놈이군. 바람 정령의 축복이라도 받은 거냐. 쏘는 화살마다 명중이로군.]

'그 축복이란 거 엄청 희귀하다고 하지 않았어? 너무 남발하는 것 같은데.'

[그만큼 네 주변에 있는 녀석들이 괴물이란 소리지. 애초에 회귀의 기억을 가진 너 자체가 사기 아냐?]

카릴은 그의 말에 낮게 웃었다.

"크륵!!"

남아 있던 트롤 한 마리가 카릴을 향해 달려들었다. 지능이 달리는 녀석은 동료들의 시체를 보고서도 힘의 격차를 깨닫지 못한 것 같았다.

"크라라락……!!"

카릴은 "쯧-!" 하고 입맛을 다시며 피를 닦아낸 천을 던져놓고 검을 움직였다.

물이 흐르듯 유연하고 아름다운 궤도를 그리며 검이 사정없이 트롤의 정수리에서부터 몸을 갈라 버렸다.

콰앙--!!

얼음 발톱의 날이 트롤을 꿰뚫고 바닥에 박히며 강렬한 폭음을 토해냈다. 재생능력이 뛰어난 몬스터지만 사지가 반토막이 나버리고서는 회복할 수 있을 리가 없었다.

[……좀 조심히 다뤄주면 안 되냐. 그거 한 자루 만드는 데 얼마나 공이 든 줄 아느냐. 수십 년간 드워프와 엘프 등과 함께 공방에 처박혀 완성한 거라고.]

'무기란 결국 적을 죽이기 위한 도구일 뿐이야. 나는 누구보다 이걸 가장 잘 쓰고 있는 사람이라고. 게다가 고작 이 정도에 날이 상할 만큼 허투루 만들었을 당신이 아니잖아?'

[끄응…… 하여간 말은 잘한다니까.]

알른 자비우스는 바닥에서 거침없이 얼음 발톱을 뽑아내는 카릴을 보며 입맛을 다셨다. 그도 그럴 것이 그의 발아래 오크의 시체가 거짓말을 조금 보태면 산처럼 쌓여 있다는 표현을 해도 과언이 아닐 정도였다.

[크르르르륵……!!]

그 순간, 상공에서 날고 있던 샌드 서펀트가 카릴의 옆을 스치듯 지나가며 뒤에 있던 또 다른 트롤 한 마리를 입에 물고 위로 올라갔다.

우드득-!!

뼈가 우그러지는 소리와 함께 이따금 흘러나오는 핏방울들이 바닥에 떨어졌다.

[도대체 몇 마리째야? 저놈만 포식하게 생겼군.]

'잘됐지.'

인간에게 있어서 트롤은 강한 몬스터였지만 샌드 서펀트에게는 그저 한낱 먹이에 불과했으니까.

"대단하군……."

키누 무카리는 카릴을 바라보며 나지막하게 말했다. 구릉의 주인을 길들였다는 것을 듣긴 했지만 그가 직접 싸우는 모습을 보는 것은 처음이었다.

"베이칸, 자네가 어째서 카릴 님께 충성을 고했는지 이해가 가는군. 남부의 그 어떤 전사도 저렇게 싸우지 못할 거야."

"……."

키누의 말에 베이칸은 고개를 끄덕이고는 묵묵히 자신의 도끼를 손질했다.

"어째서 정령의 힘이 있는 나락 바위에 마물이 이렇게 많지?"

"나락 바위의 전설 같은 거 그냥 전설일 뿐이겠지. 솔직히 제국에서도 정령술사를 보는 게 쉽지 않은데, 마력도 없는 여기서 정령이 있을 리가……."

숨을 고르며 미하일은 아무렇지 않게 말했다. 거구에 구릿빛 피부 때문에 나이 차가 있어 보였지만 미하일과 키누 무카리 그리고 베이칸은 놀랍게도 모두 동년배였다.

처음에는 그 외모에 말을 놓는 게 어색했던 미하일도 한바탕 전투를 치르고 나자 익숙한 듯 편히 그에게 말했다.

"아니. 달라."

입을 다물고 있던 베이칸이 말했다.

"나락 바위의 전설이야. 네 말대로 전설에 불과한 것일지 모르지만, 이곳이 5대 일가 중 가주(家主)인 창 일가가 직접 관리하는 곳이라는 점에서 적어도 몬스터가 있고 없고는 중요한 문제야."

"맞아. 창 일가의 주인인 툴루 창은 철두철미한 사람으로 소문났거든. 그런 자가 이런 식으로 나락 바위를 방치해 둘 리가 없는데……."

툴루 창과 일면식도 없는 미하일은 대수롭지 않게 생각했지만 베이칸과 키누 무카리는 뭔가 찝찝한 기분을 감출 수 없었다.

"정상에 오르다 보면 알겠지. 나락 바위 위에서 창 일가를 내려다볼 수도 있으니 말이야."

"알겠습니다."

"으흠……."

"그런데 왜 서펀트를 타지 않고 올라가는 겁니까? 차라리 정상까지 한 번에 가는 게 더 낫지 않나요?"

에이단은 트롤의 시체에 단검에 묻은 피를 닦아내고서 허리를 들며 말했다.

"일단은 창 일가의 눈을 피하는 이유도 있지만 가장 중요한 건 녀석이 저 위로 올라가기 싫어한다는 거지. 몇 번 고삐를 쥐어봤지만, 이 이상은 오르려고 하지 않더군."

"에? 신기하네요."

카릴의 말에 에이단은 이해가 가지 않았다. 트롤도 있는 마당에 더 상위종인 샌드 서펀트가 나락 바위로 올라가는 걸 꺼린다고?

"정상에 뭔가가 있는 것일지도 모르지."

"으음……."

"정말 정령왕이라도 있어서?"

"에이, 농담도."

카릴의 말에 에이단은 손사래를 치며 헛웃음을 켰다.

멀게만 느껴졌던 정상은 이제 눈앞에 보일 정도였다. 푸른 녹음이 가득했던 나락 바위의 숲도 어느새 풍경이 바뀌어 음

산한 기운이 감돌았다.

"으흠……."

이 정도로 깊숙하게 올라왔음에도 불구하고 창 일가의 어떤 사람도 나타나지 않았다는 것에서 남부인인 베이칸과 키누는 경계를 늦출 수 없었다.

"이 정도면 뭐 쉽게 오르겠는데요?"

두 사람과 달리 미하일은 저 멀리 보이는 무덤 같은 제단을 확인하며 가볍게 얘기했다.

"그러게. 쌍두수리가 있던 마굴을 토벌할 때에 비한다면 이건 식은 죽 먹기군."

"그죠?"

두 사람은 남부인들이 신성하게 여기는 나락 바위의 이름을 들었을 때 훨씬 더 혹독한 상황을 생각했었다.

하지만 나타난 마물이라고 해봐야 트롤과 고블린 몇 마리 정도였다.

"음?"

그 순간, 선두에서 걸어가던 베이칸이 바닥에 너부러진 무구들을 발견했다.

"여기 시체들이 있습니다."

"손상돼서 제대로 확인 어렵지만……. 병장기에 각인 되어 있는 문양을 봐서는 창 일가의 사람들 같은데요."

수풀을 나오자마자 코를 찌르는 고약한 냄새가 풍겼다.

"읍……."

새카만 숯덩이 같은 시체들을 보자마자 미하일은 자신도 모르게 헛구역질을 했다.

"뭐? 시체?"

정상을 향해 올라오면서 계속해서 창 일가에 대한 경계를 하고는 있었지만 살아 있는 자가 아닌 시체로 그들을 맞이할 것이라곤 생각 못 했다.

"몬스터에게 당하기라도 한 건가……."

"나락 바위를 지키는 자들이 어째서 여기에서 죽은 걸까요?"

"아니. 몬스터의 소행이 아냐."

재빨리 시체를 확인한 에이단이 미하일의 물음에 대답했다.

"우리가 만난 트롤이나 오크는 무기를 쓰는 마물들이긴 하지만 녀석들이 쓰는 무기는 투박하지. 이런 식으로 깔끔하게 잘릴 리가 없어."

"……그게 보여요?"

"응."

미하일은 새카맣게 타버려 형체도 제대로 구분하기 어려운 시체들을 아무렇지 않게 만지작거리는 에이단을 보며 잊고 있었던 그의 정체가 궁금해졌다.

"이건 무기로 죽이고 난 뒤에 시체들을 태운 거죠. 그리고 잘 보면 갑옷이 다릅니다. 이상한데. 시체에 뒤섞여 있지만 제국 기사의 갑옷인데."

"제국 기사?"

"네. 그을려서 색을 알아볼 순 없지만 형태가 기사의 것입니다. 게다가 무구들을 그냥 뒀다는 건 돈이 목적이 아니라는 거고…… 분쟁이라도 있었던 걸까요?"

"글쎄. 가장 유력 가능성은 그거겠지만 5대 일가의 결속력을 생각하면 그들이 창 일가에 발톱을 세울 거라고는 상상이 가지 않는데."

베이칸은 고개를 저으며 에이단의 말에 대답했다.

"게다가 제국 기사가 여기 있을 리가 없는데. 잘못 본 건 아니고?"

"확실해."

남부의 부족들 간에는 크고 작은 분쟁은 언제나 있는 것이지만 이런 식으로 나락 바위가 더럽혀진 적은 없었다. 창 일가를 제외한 이매, 엔라, 타샤이, 부이족 역시 나락 바위를 숭상하는 것은 마찬가지였으니까.

"부족 간의 분쟁이라면 결코 이곳에서 싸울 리가 없어. 이건 제국인들의 소행이야."

"흐음……."

카릴은 에이단을 지나 시체를 살폈다. 그 순간, 그의 눈빛이 살짝 흔들렸다.

'이 갑옷의 형태는…….'

"아시는 거라도 있으십니까?"

에이단이 그의 변화를 알아차리고 재빨리 물었다.

"글쎄. 일단 확인을 해봐야겠군."

말은 그렇게 했지만 카릴은 잊고 있었던 기억 속에 한 장면을 떠올렸다.

"제국이 이곳에서 무슨 일이라도 벌이고 있는 걸까요? 이미 북부 정벌을 하고 있는 와중인데……."

에이단의 말에 사람들은 입을 다물었다.

예상치 못한 시체들. 어쩐지 눈앞의 사자(死者)들이 이제부터 나락 바위에서 일어날 일을 경고하는 것 같이 느껴졌다.

그때였다.

"멈춰."

카릴이 낮게 읊조리며 손을 들었다.

탕-!! 타타탕--!!

그 순간 풀숲에서 솟아 난 수십 개의 창날이 카릴 일행을 겨누었다.

"……!!"

햇빛에 번뜩이는 날에 일행은 황급히 무기를 들었다.

"어떻게……."

암살자인 에이단조차 기척을 느낄 수 없을 정도로 완벽한 은신이었다.

하지만 한 둘도 아닌 수십 개였다. 그는 눈앞에 창들을 보며 믿을 수 없다는 듯 낮은 목소리로 중얼거렸다.

"네 실수가 아니다, 에이단. 알아차리지 못한 게 당연해."
"네?"
"창날에 흔들림이 없다. 사람이 잡고 있는 게 아냐. 처음부터 설치되어 있는 함정이겠지. 아마 침입자를 막기 위한 것이겠지만……."
카릴은 수풀 속을 바라보며 말했다.
"창날의 목표를 잘못 정한 것 같은데. 이 두 사람이 누군지 잘 봐라."
하지만 대답은 없었다.
베이칸과 키투 무카리는 긴장된 얼굴로 카릴을 바라봤다.
"뭐, 좋아. 우리도 궁금했던 차였는데. 직접 물어보는 게 낫겠지. 아무래도 설명이 필요할 것 같아서 말이야."
에이단조차 찾을 수 없는 기척을 알아차린 걸까. 카릴은 한 곳을 응시했다.
"여기서 무슨 일이 있었던 거냐."
그 순간, 탄환처럼 튀어 나간 카릴이 수풀 안쪽으로 손을 집어넣었다.
"으윽?!"
미성의 신음이 터져 나왔다. 카릴이 있는 힘껏 팔을 잡아당기자 수풀 사이로 복면을 쓴 인영이 튀어나왔다.
"말해봐."
복면인의 목덜미를 움켜쥔 채로 카릴이 지그시 내리누르자 그는 카릴의 손아귀에서 벗어나려 안간힘을 썼다. 그러나 목을 잡고 있는 손을 풀 수가 없었다.

고통에 찬 눈빛으로 그가 카릴을 노려봤다.

"이, 이거 놔!!"

"나 참, 상황 파악은 똑바로 해. 내게 창을 들이댄 건 너야."

카릴은 복면인의 외침에 어처구니가 없다는 듯 바라봤다. 목덜미를 쥔 손에 더욱 힘을 주었지만 어쩐지 살기가 느껴지진 않았다.

"어째서 마을에 있어야 할 네가 여기에 있는 거지?"

화악-!!

사정없이 복면을 벗겼다.

"……!!"

가려진 얼굴이 나타나자 베이칸과 키누 무카리의 눈동자가 커졌다. 하지만 카릴은 이미 복면 속 주인을 알고 있었다는 듯 나지막한 목소리로 말했다.

"창 일가의 여식(女息), 카일라 창."

"칫……!!"

카릴의 손에 있던 복면을 황급히 빼앗으며 그녀는 얼굴을 가렸다.

하지만 이미 정체가 들통 난 지금 얼굴을 가린다 하더라도 무의미했다.

"카일라 창? 진짜 툴루 창의 딸이잖아? 어째서 가주의 딸이 여기에 있는 거지?"

키누 무카리가 그녀를 보며 아는 체하며 말했다.

"중요한 건 그녀가 혼자라는 점이지. 툴루 창이 어떤 인물인데 소중한 여식을 이런 곳에 혼자 둘 리가 있겠어."

"으흠, 그렇군."

베이칸의 말에 키누가 그녀를 바라봤다.

"답 딱 나왔네. 조금 전 시체들이 저 족장의 딸을 호위하던 자들이겠군요. 저 아가씬 누군가의 습격을 받아서 나락 바위까지 도망쳐 온 거고."

에이단은 "퉤-!" 하고 침을 뱉으면서 나지막하게 말했다.

"누군지 몰라도 아가씨를 잡으러 왔다가 실패한 것 같은데…… 이봐요. 저 녀석들의 갑옷 색깔이 어떻게 되지?"

"당신…… 제국인이면서 어째서 남부인과 같이 있는 거지? 아니, 반대로 물어야 하나?"

에이단의 물음에도 불구하고 카일라 창은 여전히 카릴을 노려보며 물었다.

"일단 우리가 먼저 물은 거 같은데. 거기에 대답을 해주면 우리도 답을 해줄 의향은 있고."

하지만 그녀의 눈빛에도 아무렇지 않은 듯 카릴은 고개를 까닥이며 에이단을 가리켰다.

"……연두색이었어."

그 순간, 에이단은 마치 망치로 머리를 한 대 맞은 것 같은 표정으로 카릴과 그녀를 번갈아가며 바라봤다.

'연두색이면…… 려기사단이잖아? 정말로 제국인들이 남부를 공격했다고? 그럴 리가 없는데……. 황권 전쟁이 끝나기 전까지 이곳을 신경 쓸 만큼 여유 있을 리가 없어.'

현시점에서의 남부는 북부와 다르게 제국에게서 가장 자유로운 땅이었다. 그렇기 때문에 카릴이 제국을 견제하기 위한 힘을 기르기 위해 남부를 택한 것이기도 했다.

"제국인이 침략했다는 보고는 듣지 못했는데. 남부 소식은 대초원에서 가장 빠르게 알 수 있다."

베이칸은 카일라의 말에 고개를 갸웃거리며 되물었다.

"대초원을 통해서 온 게 아냐. 정확한 것은 아니지만 아마 반대쪽에서 넘어온 것 같아."

"거짓말. 대초원의 반대쪽은 디곤 일족의 땅이잖아. 밀리아나가 제국 병사들이 통과하는 것을 그냥 뒀다고?"

키누 무카리는 어처구니없다는 듯 콧방귀를 뀌었지만 카일라는 진지했다.

"하지만 그것 말고는 설명이 되지 않아. 어쨌든 우리는 제국인들에게 습격을 받았다."

그 순간, 카릴은 다른 의미에서 놀라지 않을 수 없었다.

'나르일……!!'

타버린 시체를 확인했을 때 불현듯 떠올랐던 장면. 그가 저택을 나섰을 때 통과했던 마을에서 조우했던 려기사단이 생각났기 때문이다.

'설마…… 그때부터 이미 남부를 염두에 두고 있었단 말이야?'

카릴은 고개를 저었다.

'아냐. 그 이후로도 남부는 여전히 야만족의 땅이었어. 창 일가 역시 올리번이 즉위하기 전까지 존재했었고. 그 말은 려기사단은 출정하지 않았단 뜻. 그럼…… 미래가 바뀌었다는 건가?'

그는 자신도 모르게 다급한 목소리로 물었다.

"너희를 습격한 자가 누구지? 우두머리가 있을 텐데."

"이틀 전 갑자기 나타나서 자세히는 보지 못했어. 다만 말을 탄 기사들의 선두에 곱상한 남자였어."

"혹시 그자가 배틀엑스를 쓰지 않던가? 일반적인 것보다 훨씬 더 큰. 양날이 달린 것 말이야."

"맞아."

카릴의 말에 그녀는 눈을 동그랗게 뜨면서 고개를 끄덕였다.

꿀꺽-

에이단은 자신도 모르게 마른침을 삼켰다. 그녀가 말하는 인상착의에 딱 들어맞는 사람을 그 역시 알아차렸기 때문이다.

'그때 그들을 따라가 봤었어야 했던 건가?'

안일했다. 역사에 깊게 남지 않았던 행보였기 때문에 그냥 쉽게 생각하고 있었던 것이다.

하지만 지금은 지나간 과거가 아닌 살아 있는 현재였다.

카릴은 자신의 실수를 탓했다.

"전황은 네 말대로 명백하군."

에이단은 그의 말에 마른침을 삼켰다.

"확실히 제국인들의 소행이다."

역사에 없던 변화. 갑작스러운 습격이라면 계획에 없던 일일지도 모른다.

'려기사단은 올리번의 수하들이다. 원래대로라면 없을 습격을 무리하게 진행한 이유가 뭘까.'

그때, 불현듯 카릴의 뇌리를 스치고 지나가는 생각이 있었다.

'설마…… 타투르를 얻는 것이 어렵다고 느끼고 기수를 남부로 돌렸다면?'

가능성은 충분했다. 아직 도시에 남아 있는 주크 디 홀드가 올리번에게 보고를 했을 테니까.

카릴은 일부러 그녀를 놔두었다.

'바보같은…… 올리번 녀석이 무력을 쓰는 걸 꺼린다는 걸 너무 과신했어.'

자신의 지지자인 크웰 맥거번이 북부 토벌을 떠난 상황에서 쉽사리 군대를 쓰지 못할 것이라고 생각했었다.

'하지만 왜? 지금 남부인들을 친다고 해도 녀석이 얻을 것이라곤 없을 텐데.'

어떤 이유에서든 제국인에게 남부와 북부의 사람들은 적이었으니까. 굳이 남부를 쳐서 1황자와의 세력 다툼에서 힘을 뺄 필요가 없었다.

'아버지의 청기사단을 믿고 있어서인가?'

카릴은 고개를 저었다. 어차피 크웰이 올리번 쪽에 손을 들어주었다하더라도 황제가 살아 있는 동안은 그의 명령을 따를 것이다.

'이단섬멸령을 수행하기 위해 간 북부에서 아버지는 적어도 몇 달은 더 발이 묶일 터. 이런 상황에서 병력을 뺐다는 건…….'

"자신의 힘을 보여주기 위함이겠죠. 1황자는 귀족들의 전폭적인 지지를 받고 있지만 반대로 2황자는 기사들에게 인기가 있죠."

에이단이 카릴의 생각을 읽은 듯 말했다.

"과감한 선택을 했네요. 하지만 남부를 토벌할 수만 있다면 올리번으로서는 황궁에서까지 단숨에 1황자와의 상황을 뒤집을 수 있는 수이기도 할 겁니다."

"그가 직접 원정을 제안했다는 말이야?"

"충분히 그럴 수 있습니다. 다른 기사단은 몰라도 려기사단은 그를 따르니까요. 자진해서 남부 토벌의 출사표를 던졌을지도 모르죠."

"그렇군."

카릴은 낮은 목소리로 중얼거렸다.

대륙 전쟁, 그리고 앞으로 있을 신탁으로 인한 전쟁까지.

미래에 아무리 거대한 대격변(大激變)이 일어난다 하더라도 지금 중요한 것은 눈앞의 황좌에 오르는 것일 테니까.

과감하지만 올리번을 이렇게 움직이게 한 것엔 자신의 영향이 있다는 것을 카릴은 잘 알고 있었다.

'이민족과 야만족을 극단적으로 싫어하는 황제의 눈에 들기 위해서 수를 던진 거라면 충분히 그럴 수 있다.'

같은 남부를 바라보면서도 자신과는 올리번은 완전히 반대의 생각을 가졌다. 남부의 힘을 포용해서 중앙으로 진출하려는 그와 반대로 2황자인 올리번은 제국 내에서의 입지를 굳건히 하기 위해 남부 토벌을 강행한 것.

빠득-

카릴은 자신도 모르게 이를 갈았다. 미래의 역사를 알고 있기 때문에 한 발 먼저 움직일 수 있었다.

하지만 현세의 사람들 역시 지금을 살아가기에 새로운 미래를 만들 수 있는 것이다.

자신의 예측을 뛰어넘는 올리번의 행동. 앞으로 더더욱 쉽지 않을 것 같다는 생각이 불현듯 들었다.

"카일라 창, 그것 말고도 네가 알고 있는 게 있다면 다 말해. 녀석들이 어떤 대화를 했는지. 어떤 행동을 했는지 사소한 것이라도 모두. 이건 단순한 습격이 아니다. 네 아버진 지금 어디에 있지?"

"그걸 왜 내가 너에게……."

그 순간, 카일라 창은 자신을 바라보는 날카로운 눈빛에 입을 다물고 말았다.

"아직 상황 파악이 안 되나 본데. 잘 들어. 창 일가를 습격한 녀석들은 절대로 그걸로 만족할 리가 없다. 나머지 4대 일가도 안전하다는 보장이 없다는 거야."

게다가 가장 걸리는 것. 정말로 려기사단이 디곤 일족의 땅을 통해서 온 것이라면 남부의 최대 권세인 그들이 올리번의 편에 선 것이 아닐까 하는 불안감이었다.

'자칫 잘못하면 중앙으로 진출하기도 전에 남부에서 전쟁을 치러야 할지도 모른다.'

카릴의 굳은 표정이 공기에 묻어나는 것처럼 침묵이 이어졌다.

"다른 건 몰라. 그들은 나락 바위에서 뭔가를 찾는다고 했어."

"나락 바위 위엔 그냥 정령왕의 무덤을 상징하는 비석만 있을 뿐인데…… 도대체 뭘까요?"

"글쎄……."

남부인들조차 알지 못하는 것. 그들은 서로를 바라봤다.

[있지.]

답은 의외로 다른 곳에서 들렸다. 알른 자비우스였다.

[카릴, 기억하느냐. 내가 전에 나락 바위를 가고자 하는 이유를 말했지.]

'물론, 잊을 리가 없지. 혈맥을 뚫을 수 있는 방법이 있다고 했었잖아.'

[또?]

그는 기다리지 못하겠다는 듯 자신이 되묻고 나서 바로 말했다.

[비전의 샘이 그곳에 있다고 했었지. 우둔한 야만족들이 말하는 정령왕의 무덤이 바로 비전의 샘이다.]

'설마…….'

카릴의 말에 알른은 고개를 끄덕였다.

[그래, 제국 녀석들이 단순히 남부 정벌을 위해서만 출혈을 감수할 리 없다. 그놈들, 청린(靑燐)을 노리는 게 틀림없다.]

'하지만 그건 당신만이 다룰 수 있다고 했었잖아?'

[물론 그랬지. 하지만 네가 회색교장의 문을 열었지 않았느냐. 대마도사급의 마법사라면 그곳에 적혀 있는 비전서를 통해 비전의 샘을 작동시킬 수도 있다.]

그의 말에 카릴은 입술이 바짝 마르는 기분이었다. 하지만 알른은 자신 있게 얘기했다.

[걱정 마라. 네게 미리 얘기 안 한 건 믿는 구석이 있어서였다. 내가 그렇게 녹록한 사람이라고 생각하느냐. 만일을 생각해 나 역시 대비를 해두었으니 녀석들도 쉽사리 얻을 수 없을 거야.]

"키누, 지도를 꺼내."

"네."

카릴은 바닥에 내려놓은 지도에 한 곳을 가리키며 말했다.

"내 추측이지만 녀석들은 아마 이 방향으로 갈 가능성이 높다. 불행 중 다행이지만 우리의 목적지와도 같고."

알른이 얘기한 비전의 샘이 있는 곳이었다.

"그럼 이 길을 따라가는 게 어떻습니까?"

자신 있게 말하는 키누와 다르게 카릴은 고개를 저으면서 말했다.

"아니. 거기로 가면 돌아서 가는 길이야. 차라리 이 루트로 가는 게 더 빨라."

그의 말에 나머지 사람들이 어리둥절한 얼굴로 그를 바라봤다.

[나 참, 어째서 네가 남부인보다 남부 지리를 더 잘 알고 있는 거야?]

알른만이 재미있다는 듯 가볍게 말했다.

'북부의 이민족이 왜 이민족이라고 불리는데. 남부를 떠나 북부에 정착한 자들이기 때문이야. 남부와 북부의 핏줄은 원래 하나였어.'

하지만 자신의 태생을 이들에게 밝힐 수 없는 법.

'게다가 이 길을 따라가게 되면 나락 바위 안쪽 절벽에 숨어 있는 동굴을 통과할 수 있지. 아마 남부인들도 모르는 길일걸.'

그곳은 소위 '바늘귀 전투'라고 불렸던 전생에 제국이 남부를 토벌할 때 썼던 비밀 통로였다. 제국의 책사인 브랜 가문트와 재상에 올랐던 티렌 맥거번이 내놓은 책략.

'나를 싫어하는 만큼 엄청 굴렸었지.'

이런 상황에서 티렌의 얼굴이 떠오르는 것이 우스울 따름이었다.

통로는 성인 남성 한 명이 빠져나가는 것도 버거울 정도로 아주 좁은 길. 카릴을 비롯한 소년병들로 이루어진 특수대가 이 작전을 수행했었다.

“나와 카일라 창, 두 사람은 절벽의 비밀 통로를 통해 나락 바위를 관통한다. 통로가 좁으니 나머지 네 사람은 조금 시간이 걸리더라도 우회해서 오도록 해.”

“서펀트를 타는 건 안 되겠죠?”

“시간을 확실히 줄일 수는 있겠지만 지금 기사단이 어디에 있는지 알 수 없으니 우리의 위치를 노출시킬 순 없어. 최대한 안전하게 가는 게 중요해.”

“알겠습니다.”

그의 말에 사람들은 고개를 끄덕였다. 과거에 자신들의 목숨을 빼앗았던 전략이 지금은 아이러니하게도 그들을 돕고 있었다. 물론, 이 길을 아는 이유에 대해서 그가 과거에서 돌아왔다는 것조차 당연히 밝힐 수 없는 노릇이었으니 궁금해하는 그들에 대해서 이렇다 할 설명을 할 순 없었다.

그저 카릴은 쓴웃음을 지을 뿐이었다.

“자, 잠깐! 지금 고작 이 숫자로 녀석들을 쫓아가겠다고?”

“기사단의 숫자라면 내가 더 잘 안다. 따라와.”

다른 설명은 필요 없었다. 하지만 놀랍게도 그 한마디에 네 사람은 일말의 망설임도 없이 대답했다.

“네.”

"준비하겠습니다."

"서두르죠."

그런 그들을 보며 카일라 창은 놀라지 않을 수 없었다.

비궁족의 키누 무카리와 투 부족의 베이칸.

남부에 사는 사람이라면 귀에 못이 박이듯 들었던 이름이었다.

"……."

그런 두 사람이 따르는 소년. 카일라 창은 급박한 이 순간에 신기하게도 카릴에 대한 호기심이 일었다.

▶Chapter 2◀

“여기가 진짜 맞아?”

“조심해. 지면이 약해서 잘못하면 그대로 떨어지니까. 이 정도 높이에서 떨어지면 그냥 즉사야.”

툭- 투르륵-

말이 떨어지기가 무섭게 카일라 창의 발에 밟힌 바닥의 끝이 부스러지면서 까마득한 절벽 아래로 가루들이 떨어졌다.

베이칸을 비롯한 4명과 나락 바위의 중간에서 헤어진 뒤, 카릴과 카일라 창은 계속해서 위로 올라갔다. 서너 시간을 그렇게 더 올라가고 나자 마치 부서진 폐허 같은 좁은 틈이 있었다. 평상시였다면 눈치채지 못할 부분이었다.

‘이런 길이 있다는 건 아버지께도 듣지 못했는데……. 도대체 저 녀석 정체가 뭐지?’

위태로운 바닥을 지나자 이번엔 마치 기다시피 가야 하는 좁은 굴을 통과하며 카일라 창은 생각했다.

"가는 길이 꽤 먼데. 그동안 당신 얘기나 좀 해보는 게 어때?"

뒤를 따라가는 바람에 그녀는 카릴의 엉덩이를 바라보며 코웃음을 쳤다.

"내게 관심 끄지? 나이도 어린 녀석이."

"습격당했던 때에 어땠는지 물어보는 건데. 무슨 소리야? 적의 규모와 기사급은 몇 명인지 병사는 얼마나 데리고 왔는지를 파악해야지."

"……."

카일라 창은 그의 말에 순간 화끈거리는 얼굴을 감출 수가 없었다. 다행히 카릴의 뒤를 따라가고 있어서 망정이지 터질 것 같은 얼굴을 그에게 보일 뻔했다.

"마…… 말을 똑바로 하라고."

"딱히 핀잔을 들을 만큼 잘못 말한 것 같진 않은데……. 어쨌든 얘기해 봐. 아까는 경황이 없어서 이동하느라 바빴으니."

카릴의 말에 그녀는 머리를 쓸어 넘기며 말했다.

"녀석들이 마을을 습격한 건 이틀 전이야."

'황도에서 남부까지 쉬지 않고 말을 탄다고 해도 족히 넉 달은 걸린다. 내가 타투르에서 여기까지 오는데 허튼 시간을 쓰지 않았는데도 어느새 반년이 걸린 걸 감안하면……'

마법을 쓰는 이동 방법도 고려해 볼 수 있었지만 창 일가를 습격할 만큼의 인원이라면 그 수가 최소 세 자릿수일 것이다.

'그 정도의 인원이 움직이려면 마법진은 필수다. 하지만 궁정마법사인 카딘 루에르는 워낙 까다로운 양반이라 쉽사리 도와주진 않았을 테고.'

그렇다면 유추할 수 있는 가능성은 하나다.

어깨가 부르르 떨렸다.

'려기사단의 원래 목적지는 타투르였던 것이었어.'

카릴은 눈을 흘겼다.

'올리번 녀석……. 내가 널 너무 몰랐던 모양이구나. 이 정도의 계획을 세우고 있었다니. 이걸로 끝이 아니겠지.'

오랜 경험 때문일까. 카일라 창의 단 한마디에도 카릴은 수많은 가능성을 유추해 냈다.

"그런데 창 일가는 남부의 권세 중에 하나지 않나 제국의 기사라 할지라도 쉽게 지지 않을 텐데."

마을은 거의 폐허가 되었다. 기습이라고는 하지만 너무나도 피해가 컸다. 도망친 자들을 모은다 하더라도 그 수가 원래의 절반이라도 될지 의문이었다.

"한 녀석 때문이야."

그녀의 말에 카릴은 살짝 눈살을 찌푸렸다.

'려기사단에 그 정도로 대단한 사람이 있었던가?'

제국에는 모두 일곱 기사단이 있었다.

청(靑), 녹(綠), 려(綟), 등(藤)의 4기사단은 전방의 수호를 맡았다. 금(金), 적(赤), 흑(黑)의 3기사단은 황실수호가 주 임무였다.

소드 마스터인 크웰 맥거번의 명성 때문에 그가 이끄는 청(靑)기사단이 제국에서 가장 유명하지만 실질적인 실력은 황제 직속인 금(金)기사단이 기사단 중에 가장 우위에 있었다.

'려기사단이 부족한 것은 아니지만 금과 흑에 비하면 뒤떨어지는 것이 사실이야.'

창 일가는 비록 마력을 가지지 못한 야만족이지만 개개인의 실력이 뛰어나다.

또한, 17대 가주인 오르도 창이 창안한 전투 진법. 여섯이 한 조를 이루며 연계를 펼치는 맹화진(猛火陣)은 기사단이라 할지라도 쉽사리 깨뜨릴 수 없는 것이었다.

'맹화진은 애초에 마력을 쓰는 제국인들을 상대하기 위해서 만들어진 것이니까.'

자존심이 강한 제국전술서의 학자들마저도 오르도 창의 맹화진만큼은 이례적으로 인정할 정도였다.

올리번이 황제에 오른 뒤.

남부 토벌에서 제국에게 가장 많은 피해를 입힌 부족 중 하나가 창 일가이기도 했다. 그런 뛰어난 부족이 고작 한 사람에 의해 와해되었다니 카릴로서는 믿기 힘든 일이었다.

'누구지……?'

그녀의 말에 불현듯 불안감이 스쳤다.

'이 또한 내가 개입한 일들로 인한 바뀐 미래의 결과인 것인가.'

뛰어난 인재는 앞으로의 전쟁에 있어서 무척이나 중요하다. 그렇기 때문에 카릴 역시 지금 자신이 알고 있는 인재 이외에 남부를 통합하는 데에 보탬이 될 다른 자들을 찾고자 하는 것이었다.

하지만 그런 자들이 자신의 품이 아닌 다른 곳에서 자신에게 칼날을 드리우는 것은 달가운 일이 아닐 수밖에 없었다.

"생김새는? 봤어?"

좁은 통로를 벗어 나와 허리를 펴면서 카릴이 그녀를 바라봤다. 하지만 카일라 창은 고개를 저었다.

"얼굴을 모두 가리는 투구를 쓰고 있어서 보지 못했어. 하지만 녀석이 쓰는 무기는 봤어."

"뭔데?"

"날이 물결처럼 생긴 검이었어."

"흐음……."

카릴은 턱을 쓸며 말했다.

"프람베르쥬(Flamberge)를 쓰는 사람은 제국에서도 손에 꼽힐 텐데. 신기하네. 그 정도의 실력자가 아직까지 이름을 알리지 못했다니."

"검날이 화염처럼 붉었어. 그리고 손잡이에 있는 보석은 칠흑처럼 검었고."

순간, 그녀의 말에 카릴의 눈썹이 씰룩였다.

"확실해?"

“오히려 눈에 띄지 않는 게 이상할 따름일걸. 그렇게 특이한 검은 처음 봤으니까. 녀석의 검에 피가 닿을 때마다 타들어 가는 연기가 났어.”

‘설마…… 그럴 리가 없는데.’

[저 여자애가 말하는 검이 혹시 ‘해방된 불꽃’ 아냐?]

‘당신도 알고 있어?’

[물론이지. 그 검도 청린으로 만든 거니까. 블레이더가 만든 다섯 무구에 비한다면 질이 떨어지지만……. 드워프 왕족인 뮤르가에서 만든 거 아냐?]

‘맞아.’

[확실하군. 하긴, 지금 남아 있는 청린의 무구들은 거의 마도 시대에 완성된 것들이니 말이야.]

‘전생에도 그 검을 쓴 사람은 있었어.’

카릴은 알른 자비우스의 말에 고개를 끄덕였다.

‘문제는 그 검의 주인이 아직 나타날 리가 없다는 것과 려기사단의 기사는 더더욱 아니라는 점인데…….’

과거(過去). 신탁이 내려진 후, 거대한 마물의 탑 파렐이 일으켰던 신탁 전쟁에서의 ‘해방된 불꽃’은 다른 청린의 무구보다 타락들과의 싸움에서 큰 위력을 발휘했다. 타락 그 자체가 다른 속성에 비해 화염에 약한 것도 있었지만 그보단 주인의 실력이 월등했기 때문이다.

‘잉걸불의 우타르.’

화염의 검에 어울릴 만큼 그자는 불 그 자체를 닮은 사내였다. 15대의 가문이 내려오는 동안 대장장이 일을 가업으로 삼았던 그의 마력은 두말할 것도 없이 불꽃에 적합했다.

'황가의 자식들도 쓰지 못했던 해방된 불꽃을 가장 잘 썼던 남자지. 그가 아니었으면 그 검은 그저 창고에 박혀 있었을지도 몰라.'

대장장이치고는 왜소한 체구였지만 그가 가진 불꽃은 크웰맥거번의 것을 뛰어넘을지도 모른다는 소문이 있을 정도였으니까.

하지만 문제는…….

'잉걸불의 우타르는 제국인이 아니라 공국 사람이다. 올리번이 대륙 전쟁을 일으키고 공국을 흡수했을 때 영입한 남자니까.'

그 말은 곧 지금의 사용자는 자신의 기억 속에 없는 자라는 뜻이다.

'전생의 이 시기에 나는 저택에 틀어박혀 있었을 뿐이었으니까……. 해방된 불꽃의 주인이 이때에도 있었던 걸까.'

하지만 카일라 창의 말을 들어보면 그런 실력자가 자신이 신탁을 받고 황궁에 온 몇 년 사이에 사라지거나 죽임을 당할 수 있을까?

[뭘 그리 고민하느냐. 누구인지 궁금하면 녀석의 투구를 벗겨 버리면 되지.]

'하긴.'

알른 자비우스는 별일 아니라는 듯 자신만만하게 말했다.

"이제 다 왔어."

절벽 끝의 모퉁이를 돌며 카릴은 카일라 창에게 손짓을 했다.

저 멀리서 웅성거리는 소리가 들렸다.

퉁- 퉁- 퉁-

해머로 단단한 뭔가를 두들기는 소리와 함께 중저음의 목소리가 들렸다.

"정말 여기일까요?"

"비전서에 나와 있는 곳은 이곳이 확실하다. 그림도 정확하고. 게다가 야만족 녀석들의 말도 맞고 말이야."

"큭-!!"

기사는 포박되어 있는 남자의 뒷덜미를 잡아당기며 으르렁거리듯 말했다.

"이런 야만족 놈들에겐 과분한 것이지."

덥수룩한 털이 자란 턱이 씰룩거렸다.

강이나 호수가 없는데도 불구하고 신기하게 나락 바위 중턱에 있는 샘에선 물이 샘솟고 있었다. 인공적으로 만들어진 섬세한 장식이 둘러쳐져 있는 이곳은 알른 자비우스가 말했던 비전의 샘이었다.

"그들을 함부로 대하지 마라."

"부단장님, 너무 무르십니다. 이 녀석들은 인간이 아닙니다. 폐하께서도 이단자들이 이 땅을 밟지 않길 바라실 겁니다."

나르일은 자신의 부관의 말에 살짝 인상을 찡그렸다.

'정말 려기사단이 남부에 왔었군. 반혼, 저 작자도 따라왔나. 저 인간의 행실은 여전히 보기 싫군.'

곱상하게 생긴 나르일과 어울리지 않게 수염이 덥수룩하게 자란 야인 같은 자가 있었다.

카릴은 입술을 살짝 깨물었다.

비전의 샘 옆에는 커다란 기둥이 하나 박혀 있었다. 그리고 그 주위에 마치 동물처럼 사람들에게 목줄을 채워 그 기둥에 매달아 놓았다.

괴로워하는 그들을 보면서 반혼은 아무런 표정도 짓지 않았다.

'하는 짓은 여전하군.'

잔혹한 그 모습에 카릴은 자신도 모르게 심장이 떨렸다.

[진정해라. 이 이상 다가가다간 잘못하면 발각될 수도 있어. 개개인의 마력이 모두 3클래스급이다. 검술 역시 말할 것도 없겠지. 아무리 너라 해도 저 정도의 수를 한꺼번에 상대할 순 없어.]

비전의 샘 주위에 있는 기사들의 수는 어림잡아 100여 명. 모두가 친위기사 칭호를 받은 만큼 만만치 않은 자들이었다.

[저게 다가 아닐 거다. 나머지 병력은 중턱 어딘가에 대기 하고 있겠지.]

'……'

차가운 알른의 말에 카릴은 그제야 낮은 한숨과 함께 마음을 다잡았다.

"카일라, 저 중에 네 아버지가 있나?"

"지금 저 쓰레기가 잡고 있는 남자가 우리 창 일가의 가주시다."

그녀의 눈빛이 이글거리고 있었다.

"계획은? 무슨 일이 있어도 저분을 구해내야 해."

알른은 그런 카일라를 바라보며 말했다.

[클클, 봐라. 냉정함을 유지하는 저 여자애가 너보다 낫군.]

'…….'

"그건 그렇고 다행입니다. 루온 황자의 방해만 없었어도 일이 이렇게까지 어렵게 되진 않았을 텐데 말이죠. 타투르의 주인이라는 작자……. 설마 루온 황자가 손을 쓴 건 아닐까요?"

나르일의 옆에 서 있던 반혼이 그에게 말했다.

"말을 조심히 하게. 어쨌든 천운이 따르는 분이라 할 수 있어. 처음 계획이 틀어졌지만 운 좋게 아조르에서 회색교장을 공략했으니 말이야."

"하하, 누가 여기서 듣는다구요. 그나저나 청린을 수거할 수만 있다면 황제 폐하께서도 올리번 황자님을 그냥 두실 수만은 없으시겠죠."

"그래. 답답한 내관 녀석들도 조금은 깨닫겠지. 누가 제국을 위해 더 나은 것인가를."

'어이, 청린을 획득할 방법까지 알고 있는 것 같은데. 알른, 당신이 말한 안배는 어떻게 된 거야?'

카릴은 몸을 숙이며 전방을 주시했다. 아직 에이단 일행이 오려면 반나절은 족히 더 시간이 걸릴 것이다. 그동안 저들이 무엇을 하려고 하는지 확인을 할 필요가 있었다.

[걱정 마라. 마법이 발동하려면 조건이 필요하니까. 그건 남겨놓은 비전서에도 없으니 녀석들이 알 수 있을 리 없어.]

알른은 자신만만하게 말했다. 아니, 오히려 지금 이런 상황을 기다렸다는 듯 즐기는 것 같았다.

[그리고 이제 네게 그 조건을 얘기해 주마. 계획대로 되어…… 그게 발동이 되면 3클래스의 기사들이라 하더라도 비전의 샘을 가질 수 없을걸. 클클클……]

그때였다.

"주위에 배치가 끝났습니다. 지금부터 별동대를 꾸려 나머지 4대 일가를 토벌하려고 합니다."

비전의 샘 안쪽에서 걸어오는 한 기사. 려기사단 특유의 갑옷과 함께 등에는 커다란 대검을 메고 있었다. 대검의 날은 특이하게 물결 모양이었다.

"수고가 많군."

나르일은 그를 바라보며 만족스러운 표정으로 고개를 끄덕였다.

"루레인 공국에게 고마워해야겠군. 자네 같은 인재가 우리 기사단에 들어오다니 말이야. 폐하께서 하사하신 검은 어떤가."

"과분할 따름입니다. 이제 조금 손에 익혔을 뿐입니다."

"클클, 야만족을 처단하던 자네의 무용을 보면 겸손이 지나쳐. 자네 아버지도 분명 기뻐할 걸세."

반혼은 기사를 바라보며 웃었다.

"……감사합니다."

기사는 투구를 벗으며 그에게 고개를 숙였다.

"……!!"

기사의 얼굴을 본 카릴의 눈이 튀어나올 것처럼 동그랗게 떠졌다.

'말도 안 돼! 왜 네가……!'

말을 잇지 못한 채 그는 그들에게서 시선을 떼지 못했다.

콰악-

자신도 모르게 주먹을 쥔 손에 힘이 들어갔다.

[허허, 저 애송인…… 그렇군. 역시 사람 일은 한 치 앞을 모르는 거라 재밌다니까. 카릴, 이제 와서 후회하는 거냐. 어차피 엎질러진 물이다.]

알론 자비우스는 해방된 불꽃을 등에 메고 있는 기사를 바라봤다.

원래대로라면 죽었어야 할 사람. 그의 말대로 후회해 봐야 소용없는 일이지만 자신이 살려낸 자가 이런 식으로 앞에 나타날 것이라고는 상상도 하지 못한 일이었다.

카릴은 나지막한 목소리로 그의 이름을 되뇌었다.

"란돌 맥거번……!!"

란돌 맥거번. 크웰의 4번째 양자이자 다른 형제들과 달리 과묵한 성격에 평민 출신의 아들이었던 그는 저택 내에서 벌어지는 자리다툼에서도 한 발자국 멀리 있었다. 애초에 그런 것에 관심이 없었기 때문이기도 하지만 자신의 출신에 대한 부담감이 그를 항상 짓누르고 있었다.

그렇기 때문에 그는 더욱 검에 매진했다.

크웰 맥거번. 자신의 양부가 그를 데려온 이유는 바로 그 하나의 자질을 봤기 때문이니까. 그런 그를 변화 시킨 것은 아이러니하게도 카릴이었다.

어느덧 1년 가까이 시간이 지났다.

하지만 란돌은 고블린 토벌에서 돌아왔던 그 날의 순간을 아직 잊지 못했다.

환호하던 사람들. 고삐를 잡은 손에 들어갔던 힘.

그러나 그 중심에 있던 것은 자신이 아니다.

자신보다 더 밑바닥에 있던 소년. 출신을 밝히진 못했다 하더라도 이민족 출신의 아이가 넘볼 수 없는 형들의 존재 안에서 확연한 두각을 나타냈었다.

'할 수 있다.'

비록 첩자는 죽었지만 루레인 공국의 계략을 막아낸 그는 티렌과 함께 황제를 알현할 기회를 가질 수 있었다.

운명의 장난일까.

맥거번가의 핏줄은 이어받지 못했지만 란돌의 힘은 맥거번가의 힘을 마치 물려받은 것처럼 똑같았다. 실로 맹화(猛火)와 같은 그의 마력은 크웰의 친자가 아닐까 싶을 정도로 장남인 마르트를 뛰어넘었다. 그 덕분에 란돌은 황제께 파격적인 대우를 받았다.

'해방된 불꽃'을 하사받았을 때 그때 느꼈던 두근거림을 또 한 번 경험했었다.

'이제 나는 더 이상 평민이 아니다. 나 역시 위를 향할 수 있다.'

그는 자신의 검을 잡았다.

청린이라는 특수한 광물로 만들어진 이 검은 오랜 세월 황궁의 창고에 보관되어 있었다.

주인을 선택하는 검. 자신의 마음에 들지 않는다면 머금고 있는 불꽃으로 오히려 주인을 태워 버리는 검.

'검은 날 택했다.'

황제가 첫째도 아닌 넷째인 그에게 '해방된 불꽃'을 하사한 것은 이례적인 일이지만 지금껏 검의 선택이 없었던지라 그 누구도 반발할 수 없었다.

동병상련일까.

평민인 자신과 서자 출신인 올리번.

이런 처우의 내면에 제2황자인 그의 힘이 있었다는 것을 단장께 들게 된 이후.

란돌은 직감했다.

'기사가 되어 그를 옹립하는 것이 평민인 내가 위를 향할 수 있는 유일한 길이다.'

이례적으로 능력을 인정받아 려기사단에 입단할 수 있었던 그는 처음에는 다른 기사들에 비한다면 확연히 실력 차가 나타났었다. 당연하게도 잡음은 일어났다. 제1황자의 편인 금(金), 흑(黑)기사단의 단장들이 이에 이의를 제기했다.

하지만 크웰 맥거번의 눈을 틀리지 않았다. 검의 재능만으로 따진다면 카릴을 제외하고 가장 뛰어날 것이었다.

단지, 지금껏 그 기회가 주어지지 않았을 뿐.

그리고 려기사단에 입단하고 난 뒤 란돌은 기사단의 훈련을 따라가며 폭발적으로 성장했다. 순식간에 기사들과 어깨를 나란히 했으며 해방된 불꽃은 그의 부족한 아주 작은 차이마저 완벽하게 메꿀 수 있게 했다.

"란돌 맥거번을 정식 기사로 인정한다."

어린아이의 성장을 보는 것에 대한 즐거움 때문일까.

지금까지 어느 황자에 편에도 서지 않고 중립을 지키던 총기사단장, 벨린 발렌티온이 란돌에게 힘을 증명할 기회를 주었다. 그것이 정식 기사가 된 란돌의 첫 임무이자 무슨 일이 있어도 이것을 성공시켜야 할 이유였다.

자신 있었다. 사람을 죽이는 것은 처음이지만 적어도 검술에서만큼은 기사들에게도 지지 않았다.

바로, 조금 전까지만 하더라도.

콰아아아아앙--!!

콰가강--!!

요란한 폭음과 함께 그의 몸이 휘청거렸다.

"으아아!!"

란돌의 옆에 있던 두 명의 기사가 황급히 검을 뽑아 베었다. 하지만 그보다 더 빠르게 어둠 속에서 새하얀 검날이 움직였다. 어둠 속에서 얇고 빛나는 섬광 한줄기가 번뜩이는 것 같았다.

쿵-!!

카릴은 망설임 없이 기사들의 사이로 뛰어들어 검을 박아 넣고 기둥처럼 중심을 떨어뜨리며 다리를 회전시켰다.

부우웅……! 퍽-!!

그의 발이 기사의 얼굴을 강타하자 두꺼운 투구가 그대로 산산조각이 났다.

타다다닷-!!

그와 동시에 바닥을 쓸며 튀어 오른 카릴의 손바닥이 비틀거리는 그의 얼굴을 움켜쥐었다.

퍼엉-!!

부서진 투구 사이로 집어넣은 손에서 시커먼 연기와 함께 강렬한 불꽃이 일어났다.

"아아악!!"

기사는 얼굴을 잡을 수도 없이 뜨거워진 열기에 달궈진 투구를 황급히 벗으며 소리쳤다.

어둠 속의 기습은 거기서 끝나지 않았다. 분명 조금 전 두 명의 기사가 검을 뽑았는데 어째서인지 나머지 한 명은 미동조차 하지 않았다.

"……!!"

란돌은 우두커니 서 있는 기사를 바라보며 눈을 동그랗게 떴다.

쩌저적…….

서 있던 기사의 육체가 끔찍한 소리를 내면서 그대로 반으로 잘려 나갔다.

조금 전 번뜩였던 섬광 한 줄.

이미 그 일격으로 그는 죽었던 것이다.

"지금!"

와아아아아--!!

카릴의 외침이 끝남과 동시에 여기저기에서 고함이 들렸다. 몰아치는 흙먼지와 함께 갑작스러운 습격에 일순간 기사들은 당황한 듯 우왕좌왕했다.

퍼억-!!

콰드드득--!! 쾅!! 쾅!!

여기저기서 병장기 소리가 들리는 그때.

"그만!!"

날카로운 일갈이 터져 나오면서 기사들 사이에 있던 반혼이 자신의 해머를 바닥에 꽂았다.

"창피한 모습 보이지 마라. 너희는 기사다. 전열을 가다듬고 보거라! 고작 몇 명일뿐이다!!"

화아아악……!!

그의 외침에 뒤에 있던 두 명의 기사가 있는 힘껏 검을 가르자 풍압과 함께 주위를 가렸던 흙먼지가 사라졌다.

"기습은 여기까진가."

아쉬운 듯한 목소리가 들렸다.

먼지가 사라지자 그의 앞에 또 다른 기사의 목을 벤 소년이 보였다. 그의 발아래도 또 한 구의 시체가 있었다.

"……."

란돌의 눈엔 당혹감이 서려 있었다.

순식간에 넷.

'나보다 어린 것 같은데…… 저런 아이에게 기사들이……?'

[역시 널 못 알아보는군. 머리 색부터 눈동자 색까지 모두 바뀌었으니까. 게다가 거의 1년이야. 네 모습은 그때와 많이 달라졌지.]

알른 자비우스는 어쩐지 조금 아쉬운 듯한 목소리로 중얼거렸다. 형제끼리의 싸움을 기대하기라도 한 것일까.

[뭐, 마음껏 날뛰어도 괜찮겠네.]

천 년을 살아온 대마도사의 악취미적 성향에 뭐라 할 새도 없이 카릴은 란돌의 검을 막아섰다.

격돌하는 두 사람의 뒤에 서 있는 카일라 창을 주시하며 부관이 반혼에게 말했다.

"저년은…… 그때 놓쳤던 야만족의 여식입니다."

"놓쳐? 분명 포로들 이외에는 한 명도 살려두지 말라고 했는데."

"……죄송합니다. 아무래도 이쪽의 지리에 약하다 보니 추격대를 붙였는데도 교묘하게 숨어서……. 혹시 몰라 후발대를 보낼 준비를 하고 있었는데 이런 발칙한 짓을 할 줄은……."

"그걸 지금 변명이라고 하는 거냐?"

"송구하옵니다."

부관은 황급히 고개를 숙이며 대답했다.

반혼은 못마땅한 듯 "쯧!" 하고 혀를 차면서도 눈앞에 있는 적들을 향해 말했다.

"기껏해야 야만족 몇 명 더 늘었을 뿐이다. 저딴 놈들은 상관없지만 저 꼬마는 뭐지?"

그는 카릴을 주시했다.

"마나 블레이드……? 설마 제국인? 어째서 여기에? 게다가 저 나이에 마나 블레이드를 쓸 수 있다니."

갑작스러운 습격에도 불구하고 반혼은 카릴의 검을 감싸고 있는 우윳빛의 마나 블레이드을 바라보며 나지막하게 얘기했다.

"진중하게. 평범한 자가 아니야. 저자에 대해서 아는 것이라도 있는가? 저 실력이면 분명 소문이 났을 텐데."

나르일이 말했다.

"그게 저도……."

부관의 자신감 없는 대답에 다시 한번 반혼은 혀를 찼다.

'저런 마나 블레이드는 처음 보는데.'

전장에 경험이 많다고는 할 수 없지만 나르일은 전방을 수호하는 려기사단의 부단장이었다. 당연하게도 5대 속성의 마나 블레이드를 모두 경험해 봤었다.

크웰 맥거번뿐만 아니라 다른 소드 마스터라 불리는 검사들과도 검을 섞어본 적도 있었다.

'마력이 일렁이지 않고 잘 갈무리가 잘 되어 있어. 최소 익스퍼트(Expert)급, 아니, 그 이상일 수도.'

상급으로 올라갈수록 담금질할 수 있는 마력의 힘도 달라지기 때문에 그 모양도 달라진다. 검날에 착 감기듯 얇게 마나 블레이드를 형성할 수 있을수록 고위급이라고 할 수 있었다.

'아무리 그렇다 하더라도 최소한 마력 특유의 성질은 남아 있어야 했다. 하지만 저건 꼭 순수한 마력 그 자체 같아.'

나르일은 카릴의 얼음 발톱을 주시했다.

'저 검 때문인가?'

해방된 불꽃이 화 속성의 위력을 배가하는 것처럼 특수한 무구에는 고유의 특성을 가지고 있었다. 좀처럼 보기 힘든 상급 무구라는 생각에 얼음 발톱을 처음 보는 나르일은 차갑게 노려보면서 말했다.

"저 꼬마는 반드시 생포해라. 물어볼 것이 많을 것 같으니까. 나머지는 모두 죽여도 좋다."

"알겠습니다."

나르일 뿐만 아니라 이곳에 있는 그 어떤 기사도 용마력에 대해서는 알 리가 없었다. 카릴의 오러 블레이드가 단순히 무구의 힘이라고 단정 짓고는 기사들에게 명했다.

"공격하라!!"

카릴은 달려드는 기사들을 바라보며 말했다.

'알른, 네 말대로 밤이 되길 기다렸다. 이제 어떻게 해야 하지?'

비전의 샘에 도착하고 나서 카릴은 미하일 일행이 도착하기를 기다렸다. 거기까지는 당연한 수순이었고 그들이 도착했을 때는 한밤중이었다.

야습(夜襲). 당연하게도 소수의 인원이 적을 상대하기에 가장 교과서적인 방법이었지만 알른이 내놓은 계책은 카릴의 생각과는 반대였다.

[다른 건 없다. 너희가 할 수 있는 한, 가장 요란하게 등장해라.]

오직 그가 제시한 것은 그것뿐이었다.

[나머진 내게 맡겨라.]

카릴이 비전의 샘의 앞에 섰을 때 알른 자비우스가 말했다.

[얼음 발톱을 비전의 샘에 꽂아라.]

쿠웅-!!

카릴은 말라서 텅 비어버린 샘의 한가운데에 있는 힘껏 검을 꽂아 넣었다.

[7인의 원로회 중에 왜 내가 비전의 샘을 관리했는지 아느냐. 바로 다른 마법사들과 달리 가장 많은 용마력을 쓸 수 있었기 때문이다.]

얼음 발톱이 꽂힌 바닥에서부터 균열이 생겨나면서 갈라진 틈 사이로 새하얀 빛이 쏟아지기 시작했다.

[솔직히 말해서 시간이 흘러도 나 정도 수준으로 용마력을 다룰 수 있는 자는 없을 거라 생각했다. 그렇기 때문에 나는 한 가지 안배를 두었지.]

쿠그그그그…… 쿠그그……!!

바닥이 흔들리면서 지진이라도 난 듯 진동은 점차 더 거세게 변했다.

"이, 이게 무슨……!!"

기사들은 갑작스러운 샘의 변화에 조금 전까지 자신만만하던 표정에서 당혹감을 감추지 못했다.

콰가가강―!!

비전의 샘의 주위에 세워진 석상들이 마치 살아 있는 것처럼 떨리더니 하나로 합쳐졌다. 그러자 보랏빛의 광채가 뿜어져 나오며 서서히 형체를 갖추기 시작했다.

[우으으으……]

관원 속에서 두 개의 눈동자가 번뜩임과 동시에 합쳐진 석상들이 서서히 고개를 들었다.

"고…… 골렘?!"

나르일은 믿을 수 없다는 표정으로 눈앞에 거대한 석상을 바라보며 소리쳤다.

기사들이 저마다 검을 뽑았지만 누구 하나 나서지 못한 채 주춤거렸다. 최상급 마굴에서도 보기 힘든 골렘이 마굴 안이 아닌 바깥에 나타난 것만으로도 전대미문의 사건이 아닐 수 없었다.

[저치들이 비전서에 쓰여 있는 대로 했어도 파수병이 생성돼서 막았겠지만 그럼 재미없지 않겠느냐.]

'그게 무슨 말이야?'

[용마력이 없는 자가 비전의 샘을 발동시키게 된다면 내가 만들어놓은 파수병이 작동하게 되지. 하지만 반대로 용마력이 있는 자가 비전의 샘을 발동시킨다면?]

'설마…….'

알른 자비우스는 눈앞에 보랏빛을 뿜어내는 거대한 골렘을 바라보며 즐거운 듯 말했다.

[파수병을 조종할 수 있게 된다.]

카릴은 자신도 모르게 입술을 씰룩였다.

"크큭."

웃음을 참기 힘들었다.

[그런데 나 정도의 용마력을 가진 자라 할지라도 조종하기 어렵지. 하지만 넌 다르잖아?]

예상치도 못한 알론의 안배가 너무나도 흡족했기 때문이다.

'당신도 참 고약하군. 이런 재밌는 걸 끝까지 말해주지 않고 터뜨리다니.'

우우우웅…….

카릴은 눈앞의 골렘을 훑으며 말했다.

"좋아. 이 정도로 난장을 피울 거라면 더 이상 저 녀석도 숨길 필요 없겠어."

그때였다.

[크르르르르……!!]

상공 위에서 거대한 샌드 서펀트가 커다란 호를 그리면서 바닥으로 떨어지듯 착지했다.

콰아앙--!!

흙먼지를 일으키며 날카로운 이빨로 으르렁거리는 서펀트의 울음소리가 암흑 속에서 울려 퍼졌다.

"이, 이게……."

순식간에 벌어진 일. 말 그대로 엎친 데 덮친 격이었다. 한쪽에는 파수병이, 반대쪽엔 서펀트가 자신들을 내려다보고 있었으니 말이다.

"이제 얼추 전력이 맞춰진 것 같은데."

카릴은 머리를 조아리는 서펀트의 이마를 툭툭 두들기며 나르일을 바라보며 낮은 목소리로 말했다.

"제대로 한번 해볼까?"

"갑자기 저런 게 어디서……?!"

부관의 외침에 나르일은 눈썹을 씰룩이며 카릴을 노려봤다.

'비전의 샘을 작동시킨 건가? 지금까지 그 누구도 알지 못한 비밀을 어떻게…….'

게다가 그 뒤에 있는 샌드 서펀트는 또 뭐란 말인가. 일반적인 서펀트의 두 배는 될 것 같은 엄청난 크기. 거의 드래곤에 견주어도 될 것 같은 괴물을 바라보며 그가 소리쳤다.

"려기사단!! 공격 준비!!"

차아앙--!!

부단장의 외침이 들리자 기사들이 일제히 검과 방패를 들어 올렸다.

"저 정도 크기의 마물이라면 대륙에서도 몇 없을 겁니다. 설마…… 소문의 그 구릉의 주인일까요?"

"쓸데없는 소리 그만해라. 저런 괴물을 길들인다는 말은 들어 본 적이 없다."

"하지만……."

믿고 싶지 않지만 눈앞의 마물은 분명 인간의 명령을 따르고 있었다.

"그래 봤자 결국 한낱 마물에 불과하다. 려기사단이 저런 녀석들에게 당할쏘냐!"

"예스, 설(Sir)!!"

침착한 나르일은 순식간에 혼란을 잠재우고 기사단을 독려

했다. 익숙한 듯 조를 이루며 진형을 유지했다. 소드 익스퍼트(Sword Expert)급으로 구성되어 있는 기사들에게 마물 사냥은 그다지 특이한 일이 아니었으니까.

"영광의 불꽃을!!"

려기사단의 구호와 함께 기사들이 일제히 카릴을 향해 달려들었다.

[크아아아아……!!]

샌드 서펀트가 강렬한 포효를 지르며 기사들을 향해 뛰어들었다.

"막아!!"

"싸워라!!"

마물과 기사들이 뒤엉키자 여기저기에서 비명이 터져 나왔다.

그런 그들을 바라보며 카릴은 담담한 목소리로 말했다.

"카일라 창, 너는 부족원들을 데리고 떠나라."

"뭐?"

쓰러진 아버지를 부축하고 서 있던 그녀가 카릴에게 되물었다.

"방해만 될 뿐이야."

"싸울 수 있어. 우리 일가를 멸족시킨 원수야. 그런 자들을 너희에게만 맡기란 말이야?"

"네가 아니라 네 아버지를 말하는 거다. 가뜩이나 비좁은 곳에서 그런 상태로 자리를 차지하고 있으면 마음껏 싸우지 못하잖아. 파수병의 발에 밟혀 죽는 꼴을 보고 싶지 않으면 일단 물러서.”

톡-

카릴은 품 안에서 작은 포션을 꺼내 그녀에게 던졌다.

“비싸게 준 거니까 조금씩 먹어. 나머지 사람들은 어느 정도 걸을 수 있게 해줄 거다.”

병 안에 찰랑거리는 붉은 액체를 바라보며 카일라 창은 쓰러져 있는 부족원들을 바라봤다.

“……다시 올 테니 기다려.”

“그때는 이미 끝났을걸. 괜한 호기 부리지 말고 대피 장소에서 기다려. 곧 갈 테니.”

자신을 조여오는 기사들을 앞에 두고도 카릴은 여유로운 얼굴이었다.

카일라 창은 더 이상 토를 달지 않고 고개를 끄덕였다.

“흐아압!!”

“타투르 이후로 마나 블레이드를 쓰는 검사와 싸우는 건 오랜만이로군.”

카릴은 기사의 검을 막아서며 감상하듯 낮은 목소리로 중얼거렸다.

“그리고 여전히 고리타분한 검술이야.”

콰앙-!!

있는 힘껏 쳐올린 얼음 발톱 위로 기사의 몸이 휘청거렸다.

그때.

"잡았다!!"

카릴의 뒤를 노린 반혼이 있는 힘껏 검을 그었다.

그의 특유의 토(土) 속성 마나 블레이드 때문에 그의 대검이 마치 거대한 둔기처럼 부웅-!! 하는 소리와 함께 휘둘러졌다.

"……."

얼음 발톱을 회전시켜 그의 검을 막기엔 시간이 부족했다.

스컹-!!

그 순간, 과감하게 카릴은 잡고 있던 얼음 발톱을 놓아버렸다. 그러고는 횡으로 허리를 꺾으며 반혼의 복부에 있는 힘껏 주먹을 찔러 넣었다.

"……."

그의 갑옷 위로 카릴의 주먹이 닿았다. 머리 위로 치켜들었던 대검을 잡은 자세 그대로 반혼의 몸이 굳어버렸다.

"쿨럭."

투구 아래로 떨어지는 붉은 핏덩이.

"……!!"

려기사단의 단원들은 그대로 무너지는 반혼의 모습을 보며 놀란 입을 다물지 못했다.

"반혼 경!!"

기사들이 그의 이름을 외쳤다.

철컥-

하지만 그들의 외침에 대한 대답 대신 갑옷을 뚫고 박힌 날카로운 칼날이 미스릴 건틀렛 안으로 들어가는 소리만이 들릴 뿐이었다.

꽈드드득……!!

뼈를 가는 듯한 기괴한 소리와 함께 비명이 터져 나왔다.

"아아아악!!"

"이놈!!"

나르일이 거대한 도끼를 있는 힘껏 카릴을 향해 내리찍었다.

콰아앙--!!

굉음과 함께 바닥이 사정없이 부서지며 여기저기 잔해가 튀었다.

'나르일.'

카릴은 반혼의 시체를 발로 차면서 건틀렛을 뽑아 그의 공격을 피했다.

전생에서 자신을 동료로 대해주었던 몇 안 되는 귀족. 그를 바라보는 눈빛이 떨렸다.

[어떻게 할 거냐.]

'반혼은 그렇다 쳐도 나르일은 아냐. 여기서 려기사단을 다 죽이면 루온 황자의 힘이 너무 커지겠지. 아직은 두 황자의 균형이 필요하다.'

카릴은 쓰러진 반혼의 시체를 밟으며 알른에게 말했다.

[진심이냐?]

그러나 그의 대답이 마음에 들지 않는 듯 알른은 재차 물었다.

"……."

그의 눈빛 속의 망설임을 알아차린 것일까.

"으아아아아!!"

나르일은 분노에 찬 노성을 지르며 도끼를 들어 올렸다. 반원의 날 위로 선명한 빛이 응축되듯 모였다. 반혼의 마나 블레이드와는 차원이 다른 강렬한 번개가 광원처럼 쏟아졌다.

"네…… 네놈!!"

쩌렁쩌렁한 호통과 함께 나르일의 도끼가 조금 전 카릴이 밟고 있던 반혼의 시체 위를 가로로 갈랐다.

콰앙-!!

한 발자국 뒤로 물러선 카릴 때문에 도끼는 허공을 갈랐지만 공기마저 부숴 버릴 듯한 강렬한 풍압에 일순간 두세 개의 뇌전이 사방으로 터져 나갔다.

투두두둑…….

지면에 박아 넣은 도끼가 부르르 떨렸다. 나르일은 쓰러진 반혼의 시체를 들쳐 메고서 카릴에게 말했다.

"네 녀석, 정체가 뭐냐."

그의 표정에선 더 이상 여유란 보이지 않았다. 뒤늦은 후회라는 것을 알지만 나르일은 이제 카릴을 진지하게 임해야 할 적으로 주시했다.

카릴은 대답 대신 다시 한번 지면을 박찼다.

검의 다섯 자세(Five Sword Step).

1스텝(Step) - 왕관 자세(Crown Posture).

그가 유연한 흐름으로 팔을 뻗으며 나르일의 영역 안으로 재빨리 파고들며 검을 그었다.

“……!!”

나르일은 황급히 도끼를 회전시키며 넓은 면으로 카릴의 공격을 막았다.

카가가각……!!

오랜 세월 전장에 있었던 그였음에도 불구하고 이런 검은 처음 받아봤다. 두꺼운 도끼가 갈리는 소리와 함께 그의 몸이 휘청거렸다.

‘어떻게 꼬마 녀석이 이런 힘이…….’

작은 체구에서 뿜어져 나오는 기세는 마치 단장들을 상대하는 기분이었다.

“흡!”

카릴은 공격을 늦추지 않았다. 한쪽 손바닥에 마력을 집중시키며 얼음 발톱을 안쪽으로 잡아당겼다.

무색기검(無色氣劍) - 7식.

지그재그로 검을 움직이면서 마치 용수철이 튕기듯 이어지는 검격.

콰가가강……!!

카강!!

반응을 하기엔 너무 늦은 상황이었다.

순식간에 수십 합의 공격이 둘 사이를 오갔고 가까스로 막던 나르일의 거대한 도끼가 크게 흔들리며 튕겨 나갔다.

기회를 놓치지 않고 카릴은 있는 힘껏 얼음 발톱을 휘둘렀다.

퍼억-!!

섬뜩한 타격음이 울려 퍼졌다.

"부단장님!!"

기사들은 바닥에 떨어진 나르일의 도끼를 보며 외쳤다. 하지만 솟구친 흙먼지 사이로 숨을 헐떡이는 목소리가 들려왔다.

"호들갑 떨지 마라."

둔탁한 타격음을 낸 사람은 놀랍게도 공격을 했던 카릴이 아니었다. 시야를 가리던 먼지가 사라짐과 동시에 서로 대치하고 있는 두 사람이 보였다.

'광전사답군. 이걸 받아내고도 서 있다니.'

카릴은 힘이 들어가지 않는 어깨를 움켜쥐며 생각했다. 자신의 극의를 막아낸 것도 모자라 마지막 순간 반격까지 했으니 말이다.

"크!!"

하지만 그 순간 나르일의 입에서 신음이 터져 나왔다. 커다란 그의 몸이 무너지며 무릎을 꿇었다.

"네놈……."

전장을 휩쓸었던 자존심은 이제 완전히 구겨졌다.

"나르일."

카릴이 그의 눈앞에 검을 겨주었다. 하지만 나르일은 아랑곳하지 않고 카릴을 노려봤다.

"지금 당장 이곳에서 떠나라. 그리고 네 주인에게 말해라. 이제 곧 야만의 이빨이 제국을 물어뜯을 것이다."

"개소리 집어치워. 오늘 여기서 널 잡아 사지를 찢어 깃대에 매달아 가겠다!!"

목에 핏대를 세우며 소리치는 나르일. 기사들은 그의 외침에 당장에라도 달려들 듯 자세를 취했다.

그때였다.

촥-!! 촤르륵--!!

"……!!"

언제부터였을까. 카릴에게 정신을 팔려 있어 알아차리지 못했다.

"그래?"

어둠 속에서 빛나는 화살촉.

수십? 아니, 족히 수백은 되어 보였다.

'언제……? 저놈들은 누구지. 남은 4대 일가 녀석들이 움직일 리가 없는데……. 버러지 같은 놈들. 아직 살아 있던 자들이 있었나? 아냐, 그럴 리 없어.'

정체를 알 수 없는 적들. 그렇기 때문에 불안했다.

나르일은 자신을 겨누고 있는 수백의 화살을 바라보며 처음으로 공포를 느꼈다.

하지만 카릴은 마치 그들의 등장을 예상했다는 듯 고개를 천천히 끄덕였다.

"경고하겠다. 지금 당장 기사단을 데리고 꺼져라. 딱 한 번. 내가 당신의 목숨을 살려주는 마지막 기회가 될 것이니."

카릴은 바닥에 떨어진 나르일의 도끼에 대고 있는 힘껏 검을 휘둘렀다.

스르릉……!! 콰득!!

두꺼운 강철로 만들어진 도끼가 사정없이 부서졌다.

"……."

란돌은 해방된 불꽃을 고쳐 잡았다.

부단장과 부관이 당한 이상 이제 자신만이 카릴을 상대할 수 있다는 것을 직감했다.

"멈추게. 자넨 나서지 마."

그러나 나르일은 손을 뻗으며 란돌을 막았다.

와그득…… 와드드득…….

적막 속에서 기사의 시체를 씹어 먹는 서펀트의 소리만이 들렸다. 나르일은 그 모습을 보며 인상을 구겼다.

막심한 피해였다. 수십 명의 기사가 어처구니없을 정도로 당해 버리고 말았다.

"저 무기는 범상치 않다. 게다가 저 괴물들까지……. 자칫 잘못해 이런 곳에서 자네마저 잃는다면 황자님을 뵐 낯이 없다."

"하오나……."

"샘의 위치를 아는 이상 언제든 다시 올 수 있다."

으르렁거리듯 나르일은 낮게 말하며 카릴을 노려보았다.

하지만 그의 매서운 눈초리에도 아랑곳하지 않고 카릴은 오히려 되로 받아쳤다.

"우린 다시 만나게 될 거다. 그때도 그렇게 말할 수 있으면 좋겠군. 다음에 만나면 네 목을 취할 것이니."

"……."

카릴은 후퇴하는 그를 바라봤다.

[넌 너무 물러.]

하지만 여전히 알른은 그의 결정이 마음에 들지 않는다는 듯 말했다.

"전원 대기!!"

눈보라를 뚫고 기다란 행렬 뒤로한 남자가 소리쳤다. 은색의 투박한 갑옷엔 오래된 피가 덕지덕지 굳어 얼어 있었다.

기사는 저 멀리 돌아오는 척후병을 기다리고 있었다. 투구에 가려진 얼굴은 제대로 보이지 않았지만 황급히 돌아오는 그들의 모습에서 당혹감이 느껴졌다.

"어떻게 되었지?"

선두에 선 기사의 옆에 있던 부관이 그들에게 물었다.

"그게……."

"이번에도?"

"그렇습니다. 마을이 완전히 비어 있습니다."

지금의 일이 처음이 아닌 듯 부관은 척후병의 보고에 기사를 바라봤다.

"단장님, 벌써 세 번째입니다. 아무래도 북부 녀석들 도망친 게 아닐까요?"

"자네도 알잖는가. 이민족들은 싸우다 죽으면 죽었지 절대로 도망치지 않는다. 맹수 같은 자들이지."

후우우웁…….

말을 할 때마다 새하얀 입김이 공기 중으로 뿜어져 나왔다.

1년에 가까운 정벌. 지친 기색이 역력함에도 불구하고 날카로운 예기를 뿜어내는 기사는 다름 아닌 크웰 맥거번이었다.

"잘 보게. 앞선 마을들도 그렇지만 이곳을 떠난 지가 오래되지 않았어. 처음부터 도망칠 생각이 있었다면 이단섬멸령이 내려졌을 때 움직였겠지. 녀석들도 처음에는 싸울 생각이었던 거야."

그의 말에 척후병들은 고개를 끄덕였다.

"맞습니다. 전투를 위한 목책을 수리한 것도 그렇고 비어 있는 집들에 남아 있는 가재도구들도 최근까지 사용되었던 것들입니다."

"그럼 도대체 어디로 사라진 걸까요."

부관은 더더욱 이해할 수 없는 이 상황에 크웰을 바라보며 말했다.

"글쎄. 그걸 알아봐야지. 빈 마을에 야영 준비를 해라. 그리고 자네는 병사들을 나누어 주위를 샅샅이 조사해라. 여우굴이 있을지 모른다."

"알겠습니다."

크웰은 주위를 살폈다. 눈으로 덮여 있었지만 주위의 언덕에는 분명 숨겨진 길들이 있을 것이다.

'그게 녀석들의 특징이니까.'

크웰은 부서진 목책을 발로 차며 생각했다.

'어딘가 숨어 있을지도 모른다. 녀석들을 찾을 때까지 북부를 떠나는 건 보류해야겠군.'

종적을 감춘 이민족들의 예상치 못한 반응에 크웰은 혼란스러웠다.

그는 조심스러울 수밖에 없었다. 투쟁적인 북부의 이민족들과 달리 그들은 가장 은밀한 자들이기 때문이다.

바로, 늑여우 부족이다.

"이걸로…… 된 건가."

연두색 갑옷으로 수를 놓았던 나락 바위는 이제 핏물로 뒤덮여 붉게 변해 있었다.

"생각보다 별다른 저항 없이 물러간 것 같은데요. 그나저나 서펀트의 무용이 엄청나네요."

그렇게 말하면서도 미하일은 다리에 힘이 빠졌는지 주저앉고 말았다. 그는 수십 명의 기사를 순식간에 즉사시킨 녀석을 힐끔 바라보며 말했다.

[이놈이 내가 만든 파수병이 저 멍청한 괴물보다 더 많은 기사를 짓이겨 버렸는데 왜 한마디도 안 하는 거야?]

알른은 미하일의 주변을 맴돌면서 기분 나쁘다는 듯 말했다. 카릴은 그런 그를 보며 가볍게 웃었다.

"나르일은 호락호락한 인물이 아니야. 이단섬멸령이 내려진 마당에 제국 친위기사단이 야만족에게 패배를 했다는 게 알려지면 어떻게 되겠어. 어쩌면 포기하지 않았을 거야."

꿀꺽-

너무나도 아무렇지 않게 말하는 바람에 마치 남의 일을 얘기하는 것 같이 들렸다.

"나락 바위 위에 있던 기사들의 수는 50명이 채 되지 않았어. 카일라 창이 봤던 수보다 적어. 아마 4대 일가를 치기 위해 병력을 밑에 대기 시켜놨던 거겠지."

"그럼……."

"다시 공격을 해올 거란 말인가요?"

"가능성이 완전히 없는 건 아니지. 아니면 나머지 다른 야만족들을 습격할 수도 있고."

[잘됐네. 이참에 다시 쓸어버려. 너에게 옛정이라고 해봐야 저치에겐 아직 겪지 못한 미래일 뿐이야.]

"……."

카릴은 얼음 발톱을 검집에 넣고서는 비전의 샘을 막고 있는 파수병을 바라봤다.

"그전에 이곳에서의 일을 끝내야겠지."

[내 말은 듣는 시늉도 없군.]

알른은 낮은 한숨을 내쉬고는 어깨를 으쓱했다.

[크우우우…….]

마치 그의 말을 알아듣는 것처럼 파수병의 가슴에서 옅은 보랏빛이 흘러나왔다.

카릴의 말에 사람들은 긴장된 표정으로 서로를 바라봤다.

급습이 통한 것처럼 보였지만 사실 카릴이 기사들을 제압한 것 이외에 나머지 사람들은 단 한 명도 죽이지 못했다. 베이칸과 키누 무카리는 그들과의 검을 맞대본 뒤에 그들과 자신들의 실력 차이를 절실히 느낄 수 있었다.

'저런 자들이 한 둘이 아니다. 저들을 상대로 정말로 중앙 진출이 가능할까…….'

'내 힘이 어디까지 닿을 수 있을지 의문이로군. 이대로는 안 돼. 더 강해져야 한다.'

부족 내의 최고의 전사라 칭해졌던 두 사람이었기 때문에 더더욱 고민에 빠지기 충분했다.

하지만 카릴은 그들의 마음을 이미 예상한 듯 고개를 끄덕였다.

자신 역시 똑같았으니까.

신탁이 내려지고 어째서 이민족이었던 자신이 선택을 받았는지는 모르지만 제국인들 사이에서 그는 존재를 증명해야 했다. 마력을 쓰는 자들보다 더 뛰어난 실력. 비등한 것으로는 부족하다. 압도적으로 그들을 찍어 누르며 자신의 태생에 그 어떤 말도 꺼내지 못하게 해야 했다.

뼈를 깎는 고통. 남들의 몇 배는 되었을 훈련.

카릴의 검에 대한 자질은 마력의 유무와 상관없이 월등했지만 베이칸과 키누 무카리 역시 대전사의 칭호에 어울릴 만큼 뛰어난 자들이었다.

'많이 고민하고 생각해라. 너희들 역시 강해질 수 있다. 마력이 없어도 뛰어난 전사가 되는 건 불가능한 일이 아니니까.'

실제로 자신이 그렇게 했으니까.

카릴은 두 사람을 비롯해 이민족과 야만족의 힘이 제국과 붙어도 결코 약하지 않음을 알고 있었다.

'그리고 너 역시.'

그는 고개를 천천히 돌렸다.

자신의 앞에 두건으로 얼굴을 가리고 있는 한 사람.

'하시르.'

그가 손을 뻗자 활을 겨눈 채 비전의 샘 주위에 포진되어 있던 병력은 마치 처음부터 없었던 것처럼 자취를 감추었다.

카릴조차 기척을 느끼기 어려울 정도였다.

'역시 늑여우 부족답군.'

"당신인가, 우리에게 그 마법사를 보낸 게."

"마법사?"

"모른 척하지 마. 자신의 이름을 톰슨이라고 하던데."

"아…… 그가 직접 움직였군. 역시 경험이 있어서 그런지 눈치가 빨라."

그의 말에 카릴은 가벼운 탄성을 질렀다. 혹시나 했지만 역시 톰슨은 길드에서 잔뼈가 굵은 남자였다.

'성과를 보여야 한다는 생각을 했나 보군. 뭐, 확실하게 해준 덕분에 알맞은 타이밍에 와줬으니 나로서는 다행이지.'

카릴은 하시르를 향해 말했다.

"맞아. 내가 그를 북부로 보냈었다. 당신도 알다시피 지금 북부는 이단섬멸령이 내려져 멸족의 위기에 놓여 있으니까."

"잘도 도망치라고 말했더군. 북부인은 죽었으면 죽었지 도망치지 않는다는 걸 알 텐데."

"왔잖아. 남부로."

대수롭지 않은 듯한 그의 말에 하시르의 눈썹이 씰룩거렸다. 두건을 끄르자 자황색의 눈동자가 번뜩였다.

미하일과 에이단은 그 특이한 색을 신기한 듯 쳐다봤다.

'특이한 색이네. 이민족들을 구분하는 가장 큰 차이점이 바로 저 눈동자 색이라고 하던데……. 북부의 이민족들은 눈동자 색이 검다고 알고 있었는데 모두 그런 건 아닌가 보네.'

에이단의 시선을 느낀 하시르가 살짝 그를 노려보듯 바라보자 황급히 시선을 돌렸다.

"보아하니 이곳의 우두머리가 당신인 것 같은데. 한 가지 더 묻지. 그럼 길에 해놓은 표식도 당신이 한 건가?"

"맞아."

카릴의 대답을 듣는 순간 하시르의 손이 빠르게 올라갔다.

착……!! 차차착―!!

그러자 순식간에 어둠 속에서 화살들이 카릴을 겨누었다.

언제 뽑았는지 알 수 없을 정도로 빠른 속도로 하시르의 양 손등에는 세 개의 날카로운 돋아나 있는 탈론(Talon)이 뽑혀 있었다.

"제국인이 어째서 이민족의 방식을 알고 있는 거지. 네 정체가 뭐냐."

자신을 겨누고 있는 수십 개의 화살에도 아랑곳하지 않고 카릴은 말했다.

"시체 거미를 쓰는 표식이 꼭 북부인의 것이라고 하면 곤란하지. 남부에서부터 쓰던 거니까. 북부인이 이민족이라고 불린 이유는 남부를 떠나 북부에 정착했기 때문이란 건 당신도 잘 알 텐데."

"당연히 문제가 되지. 넌 남부인도 북부인도 아닌, 제국인이니까."

하시르의 말에 카릴은 쓴웃음을 지었다. 그토록 얻고 싶었던 마력이었으나 그 덕분에 자신은 오히려 같은 북부인에게 제국인이라는 말을 듣게 되었으니 말이다.

[언젠가 밝힐 날이 올 게다. 제국인으로서 북부와 남부를 통합하는 것. 그게 네가 노린 계획이지 않으냐. 그리고 나중에 짠하고 반전을 꾀하려고 말이야.]

'딱히 그런 건 아냐. 그냥 자유롭게 대륙을 돌아다니기 위함이지.'

[녀석…….]

내색하진 않았지만 영혼으로 이어진 알른 자비우스는 카릴의 아쉬움을 느낄 수 있었다.

"북부인들이 과거 중앙을 가로질러 북상하던 때에 제국인들과 섞였던 적이 있지. 혼종이라고 불리지만 이민족과 제국인 사이에서의 자식들도 있고. 이제 이런 방식은 꼭 우리들…… 아니, 야만족의 전유물이라고 할 수 없어."

카릴은 잠시 말을 고치면서 하시르에게 말했다.

미심쩍지만 그의 말에 하시르는 눈을 흘기며 말했다.

"그렇다면 그 전언은 어떻게 되지? 당신이 어째서 그 말을 알고 있는 거냔 말이다. 게다가…… 분명 그 마법사가 카릴이란 이름을 말했다. 북부의 검은눈 일족의 아이가 너와 어떤 관련이 있지?"

하시르에게서 그 이름이 나오자 사람들이 모두 카릴을 주목했다.

"어? 대장님 이름하고 똑같잖아요."

"검은눈 일족이라면…… 그 대전사 칭호를 받았던 칼리악이 이끄는 부족이지 않습니까."

"하지만 제국인들에게 패했다고 들었는데……."

"……."

저마다 한마디씩 하는 와중에 에이단만은 침묵하며 카릴의 얼굴을 살폈다.

"같은 이름이라 놀랍겠지. 자세한 설명을 해줄 순 없지만 나는 검은눈 일족과 관계가 있다. 카릴과 마찬가지로 같은 스승의 밑에서 컸으니까."

"미친…… 네가 말하는 스승이 내가 아는 그 사람이라면 절대로 제국인을 받아들일 리가 없다. 아니, 애초에 검은눈들에게 걸렸다면 일말의 여지없이 죽었을 텐데."

"모르는 건 오히려 당신이야, 하시르."

"……뭐?"

카릴은 낮은 웃음을 지으며 말했다.

"검은눈 일족의 칼리악과 제국의 소드 마스터인 크웰 맥거번은 둘도 없는 친우였다. 아니, 정확히 말하면 서로의 입장은 다르지만, 검으로써 맺어졌다고 해야겠지."

"그게 무슨……."

"북부인들도 모르겠지만 칼리악은 제국인들과의 화평을 원했다. 하지만 황제는 그걸 받아들이지 않았지. 그로 인해서 크웰 역시 자신의 손으로 친우를 죽이게 되었지만……."

너무나도 믿을 수 없는 이야기에 하시르의 얼굴이 구겨졌다.

"알려진 말과 달리 검은눈 일족은 함부로 제국인을 죽이지 않아. 다른 부족들에게 알릴 순 없지만 나를 거둬준 것 역시 그러했고. 이것이 그 증거다."

카릴은 품 안에 단검을 꺼냈다. 아그넬이었다.

"칼리악이 죽기 전 내게 이걸 줬다. 그의 마지막 유지인 것이지."

투박한 그 단검을 보자 하시르의 눈동자가 흔들렸다.

"웃기지 마. 이걸로는 믿을 수 없다. 네가 이걸 갈취한 것일지도 모르잖아?"

"이건 그저 부수적인 것일 뿐이다. 가장 확실한 증거는 이미 말했잖아. 네게 전한 말. 나의 스승인 알테만이 항상 했던 말이니까."

"……."

하시르는 할 말을 잃은 듯 카릴을 바라봤다.

"내가 북부인들 중 늑여우를 택한 이유도 알테만의 말이 있었기 때문이다. 직접 본 적은 없지만 당신도 스승님에게 신세를 졌다지."

[연기가 기가 막히는군. 배우를 해도 되겠어. 막힘없이 아주

술술 나오네.]

알른은 카릴의 모습에 키득키득 웃으면서 재밌다는 듯 말했다.

"나를 믿고 안 믿고는 당신 몫이지만 확실한 건 하나다. 내가 그에게 전언을 보냈고 당신은 그것을 듣고 이곳에 왔다. 내가 네 다른 부족도 아니고 당신에게 톰슨을 보낸 것 같나?"

"……."

"다른 외골수들과 달리 북부의 이민족 중 늑여우만큼은 내 전언에 머리를 굴릴 거라고 생각했거든."

확신에 찬 목소리로 말하는 카릴과 달리 하시르의 눈빛엔 여전히 의혹이 가득했다.

'눈보라를 피하기 위해선 우레 아래 서라. 확실히 알테만 님께서 버릇처럼 하셨던 말이다. 그분께선 북부의 냉기보다 남부의 열사가 차라리 더 그립다고 하시면서 종종 나락 바위에 대한 얘기를 했었다.'

다른 것들은 차치하고서라도 적어도 북부 이민족들의 대스승이라 불리는 알테만에 대한 일화를 알고 있다는 것은 무시 못 할 일이었다.

"언젠가 진실을 알게 되었을 때 너는 내 전언을 따랐다는 것에 감사할 것이다. 그것도 아주 많이."

카릴은 가볍게 하시르의 어깨를 두들기며 느긋한 표정으로 말했다.

"여기까지 온 김에 조금 더 날 따라와 봐. 그때 돌아간다 하더라도 늦지 않으니까.”

“…….”

그의 모습에 베이칸과 키누 무카리는 예상했다는 듯 서로를 바라보며 피식 웃었다.

자신들이 카릴을 따르는 이유. 이민족이든 야만족이든 아니 종족의 구분을 떠나 그저 한 명의 사람으로 대하는 그의 태도가 가장 컸기 때문이다.

“베이칸, 너희들은 카일라 창이 말했던 비밀 장소로 가 있어. 이곳의 지리는 그들이 더 잘 알고 있을 테니 합류하고 난 뒤에 기사단의 움직임이 포착되면 내게 알려줘.”

“알겠습니다.”

“나는 이곳에 남겠다.”

하산을 준비하는 다른 사람들과 달리 하시르는 두건으로 얼굴을 다시 가리며 카릴에게 말했다.

“좋을 대로. 하지만 나중에 내려가려면 길을 찾기 힘들 텐데.”

“그 여자가 내려갈 때 사람들을 붙여뒀다. 지형은 이미 파악했어.”

그의 말에 카릴은 입꼬리를 올리며 고개를 끄덕였다. 혼란스러웠던 순간에도 만일을 대비해 하시르는 병력의 일부를 빼 카일라 창까지 견제를 했단 말이었다.

“철두철미한데. 과연 늑여우답군. 잘됐네. 이따가 길 안내는 당신께 맡기면 되겠어.”

“…….”

[좋아. 드디어 우리 차롄가.]

알른 자비우스는 기다렸다는 듯 기지개를 피면서 말했다.

[간단해. 파수병의 가슴에 있는 핵이 보이느냐.]

‘응. 저거로군.’

샘 앞에 서 있는 거대한 파수병에서 흘러나오는 보랏빛.

그건 비전술사라 불리던 알른 자비우스의 정수가 집약되어 있는 것이었다.

[저걸 뽑아 네 마력혈에 흡수시키면 막혔던 혈맥 중 일부가 뚫릴 거다. 드래곤의 방식보다는 못 하겠지만 효과는 분명해.]

‘확실해?’

[이놈아, 7인의 원로회의 말을 믿지 못하고 토를 다는 녀석은 네 녀석이 유일할 거다.]

알른은 한 대 쥐어박고 싶다는 얼굴로 카릴에게 말했다.

[심혈을 기울여서 만든 녀석이다. 솔직히 이런 식으로 부숴버리는 게 아깝긴 하지만…… 별수 있겠느냐. 지금은 네 녀석이 저놈보다 더 중요한데.]

‘쑥스러운 말을 잘도 하네. 그쪽이야말로 배우를 해도 되겠어.’

[시끄럽다. 이 녀석아.]

우우우우…….

자신을 바라보는 카릴의 눈빛에 마치 파수병은 겁을 먹은 듯 낮은 기계음을 토해냈다.

"그럼……."
카릴은 천천히 마력을 끌어 올리며 낮은 목소리로 말했다.
"잘 먹겠습니다."

▸Chapter 3◂

"후우."

카릴은 긴 숨을 내뱉은 후 파수병의 핵을 비전의 샘 안에 담갔다.

치이이익……!!

핵이 물 안에 담기자 새하얀 증기를 뿜어내며 주위가 부글부글 끓기 시작했다.

[조심히 다뤄라. 파수병의 핵 안엔 비전 마력이 응축되어 있으니까. 용마력만큼은 아니지만 인간의 마력 중에선 가장 강력한 것일 테야.]

인류의 역사상 가장 뛰어난 마법사들이라 불렸던 7인의 원로회 중에서도 알른 자비우스의 비전 마법은 특수했다.

용마력을 기반으로 한 마력을 토대로 독자적인 체계로 그는 자신만의 마법 체계를 구축했다.

지직…… 지지직…….

마치, 번개를 머금고 있는 것처럼 핵 안에서 스파크가 번뜩였다.

[타이밍을 잘 봐야 한다. 비전 마력의 기본 속성은 번개다. 날뛰는 마력을 통제하지 못해 놓쳐 버리기라도 하면 순식간에 산화되어 버린다.]

비전의 샘 안으로 손을 집어넣자 파수병의 핵을 붙잡기라도 하려는 듯 샘물이 빠르게 소용돌이를 치며 카릴의 주위를 돌기 시작했다.

"……."

하시르는 긴장된 얼굴로 그를 바라봤다. 당장에라도 잡아먹을 것 같은 물이 샘 안에서 솟구쳐 위태롭게 보였다.

'신기하네. 이 정도로 물보라가 이는데도 소리 하나 없다니 말이야.'

보통의 사람이라면 그 소용돌이의 위용에 주춤할 수도 있겠지만 카릴은 달랐다.

[녀석, 역시 눈썰미 하나는 좋구나.]

청각과 시각이 따로 움직이는 것처럼 물보라 안을 주시하던 카릴의 눈빛이 일순간 빛났다.

[보이는 것에 겁을 먹어선 안 된다. 마법의 경지는 오감을 뛰어넘었을 때 도달할 수 있는 것이다.]

알른은 비전의 샘을 한번 훑으면서 말했다.

[이제부터 네가 가질 마법은 역사상 가장 심오한 것이니까.]

번쩍--!!

두 손으로 잡고 있던 파수병의 핵이 흐물거리며 순식간에 녹기 시작했다. 카릴은 그 순간 안에 있는 작은 빛무리를 본능적으로 낚아챘다.

[집중해라. 그게 비전핵이다.]

손톱만큼 아주 작은 빛 방울이 카릴의 손아귀에서 빠져나가려는 듯 사방으로 움직였다.

카릴은 있는 힘껏 양손에 마력을 끌어 올렸다. 유일하게 뚫린 두 개의 혈맥이 팔이라는 것에 다시 한번 감사할 따름이었다. 그렇지 않았다면 두 팔이 날아가 버렸을지도 모르는 일이었다.

"흡……!!"

숨을 내뱉으면서 카릴은 날뛰는 비전핵을 잡은 두 손에 힘을 주며 압축하듯 꾸욱 눌렀다.

[일반적인 마력술은 체내의 마력을 쌓아 올리는 것이다. 하지만 넌 그럴 필요 없지. 오히려 반대로 마력혈의 강력한 마력을 폭발시켜 막힌 혈맥을 뚫어야 한다.]

부르르르…….

카릴의 두 팔이 누가 잡아당기는 것처럼 크게 흔들렸다.

[마력 폭발을 일으키기 위해서는 극단적으로 강력한 힘이

주입돼야 한다. 내가 아는 한 네 마력혈에 타격을 줄 만한 힘은 이것뿐이지.]

콰드드득……!! 콰가강……!!

합장을 한 두 손바닥 사이에서 뇌성이 터져 나오며 강렬한 빛의 폭발이 일어났다.

그때, 노도와 같은 아찔함이 그의 손등을 타고 반응을 할 새도 없이 전신에 엄습했다.

"……!!"

카릴의 눈동자가 번뜩였다. 마치 망막 위에 새로운 무언가가 감싸지는 것처럼 투명하고 촉촉하게 적셔졌다. 순식간에 바위 끝 반대편이 당겨지는 것처럼 확대되었다가 다시금 수십 배로 멀어졌다.

"컥…… 커컥!!"

지금껏 단 한 번도 무릎을 꿇은 적이 없었던 카릴은 숨을 토해내며 주저앉았다. 갑작스럽게 그의 주변에서 일어난 마력의 파동이 살아 있는 것처럼 날뛰기 시작했다.

"으아아아악!!"

벼락같은 고통과 함께 카릴의 모든 혈관이 붉으락푸르락하며 부풀어 올랐다. 낙뢰가 카릴의 몸에 떨어진 것처럼 정수리에서부터 발끝까지 주체할 수 없는 통증이 밀려왔다.

"뭐, 뭐야?"

고통에 찬 카릴의 비명에 하시르는 어떻게 해야 할지 몰라

당혹스러운 얼굴로 카릴을 향해 손을 뻗었다.

[죽고 싶지 않으면 그 녀석 몸에 손을 대지 않는 게 좋을 게다.]

"……!!"

그 순간 갑자기 들려오는 말에 하시르는 깜짝 놀라며 뒤로 물러섰다.

"누구냐!!"

[하아…… 오랜만에 느껴보는 바람의 감촉이군. 썩 나쁘지 않은데.]

하시르는 자신의 눈앞에 흐릿한 잔상이 일렁인다는 것을 깨달았다.

[걱정 마라. 저 녀석은 죽지 않을 테니.]

"누…… 누구십니까."

[뭐, 그런 것까진 알 필요 없고 계속 보고 싶으면 좀 더 물러나는 게 이로울 게야.]

알른의 말에 하시르는 황급히 입구 쪽으로 물러섰다.

[아직 부족하지만 내 영체가 다른 필멸자에게도 보인다는 것은 내가 조금은 현실에 영향력을 끼칠 수 있게 되었다는 것이겠지.]

그는 카릴을 바라보며 나지막하게 웃었다.

[클클클…… 그것만으로도 네가 성공했다는 것을 의미한다.]

콰아아아앙--!!

남부의 일대 전역에 모두 보일 것 같은 빛의 기둥이 어둠을 뚫고 솟아올랐다.

“부단장님?! 저게 무슨……!!”

“저곳은…….”

“나락 바위입니다. 조금 전 그 녀석들이 뭔가를 또 꾸미는 것은 아닐지…….”

“크음.”

우습게도 카릴의 빛기둥이 나락 바위의 초입에서 기사단을 정비하던 나르일의 진군마저 멈추게 했다는 것은 그의 움직임을 예상했던 카릴조차도 예상치 못한 일이었다.

“전선을 잠시 물러서 재정비하심은 어떨지요……. 무슨 일이 일어나고 있는지 확인되지 않는 상황에서 다시금 골렘과 서펀트를 상대하는 것은…….”

부관이었던 반혼의 죽음으로 임시부관이 된 젊은 기사는 긴장 가득한 얼굴로 말했다. 그는 조금 전 상황을 떠올리자 치가 떨리는 듯 이를 갈았다.

“게다가 시간이 지나면 나머지 야만족들도 정비를 끝낼 것입니다. 나머지 4대 일가들도 분명 이곳으로 올 것이 틀림없습니다.”

돌아가게 된다면 단장의 군벌이 있을지 모른다. 후퇴를 최악의 불명예라 생각하는 그의 성격을 잘 알고 있지만 자신이 아니면 말할 사람이 없다고 판단한 기사는 용기를 냈다.

"이번 공격의 주요점은 기습이었습니다. 저희들이라 할지라도 수천 명의 야만족을 한꺼번에 상대하긴 힘듭니다. 최소한 남부 최전방에 있는 베스탈 후작에게라도 지원을 요청……."

빠득-

이를 가는 나르일의 모습에 젊은 기사는 자신도 모르게 어깨를 움찔했다. 지금까지 이런 모습은 처음이었다.

'그 누구도 아닌 야만족들에게 패배라니……. 내 일생에서 가장 후회스러운 일전이구나.'

나르일은 고개를 들어 절벽의 끝을 바라봤다. 그가 용납할 수 없는 것은, 다름 아닌 카릴과의 접전에서 자신도 모르게 두려움을 느꼈다는 것이었다.

"경의 이름이 뭔가."

"헤롤드입니다."

"경은 지금부터 부상자들을 추스르고 퇴각의 준비를 하도록 하라."

"넵!!"

려기사단의 기사들은 나르일의 말에 기다렸다는 듯 대답했다. 하지만 그들의 눈에는 적의가 가득했다.

짝- 짝- 짝-

공허한 정상에서 들려오는 박수 소리. 알른 자비우스는 오랜만에 밟는 바닥의 감촉을 즐기는 듯 가벼운 발걸음으로 카릴에게 다가갔다.

[축하한다.]

바닥을 짚고서 거친 숨을 몰아쉬는 그의 모습은 결코 축하를 받을 만한 상황이 아닌 듯 보였다.

치이이이…….

등골을 타고 찌릿한 전율이 흘렀다.

알른의 손길이 닿자 카릴은 천천히 고개를 들어 올렸다.

[벽을 부쉈구나.]

"내가 성공…… 한 건가?"

눈앞에 실체화한 알른의 모습을 보면서도 정신이 없는 카릴은 놀람보다는 물음이 먼저 튀어나왔다.

[너의 마력이 2클래스에서 머무를 수밖에 없었던 것은 혈맥이 막혀 마력혈에서 흘러나오는 강대한 마력을 몸 안에서 순환시키지 못했기 때문이다.]

움찔-

카릴의 어깨가 들썩였다.

[이건 네 마력이다. 뚫린 혈맥 덕분에 이제 조금은 빌려 쓸 수 있지. 어떠냐. 몸 안을 회전하는 마력이 느껴지느냐.]

어깨를 타고 두 팔과 함께 두 다리를 물결처럼 따끔거리는 마력이 전신을 훑었다.

"큭, 크윽……."

마력이 순환하는 과정에서 카릴은 고통스러운 듯 인상을 찡그렸다.

"젠장…… 이렇게 아프면 마력을 쓰기도 전에 정신을 잃겠어."

[끌끌, 아플 게다. 네가 흡수한 비전핵은 평범한 마력이 아니니까. 하지만 너의 용마력은 더욱 비범한 것이기에 받아들일 수 있는 거지. 곧 적응될 거다.]

지지직……!!

"어?"

조금 전 알른의 손끝에서 흘러나온 마력이 두 손에 모이자 카릴은 자신의 힘을 주체할 수 없는 듯 손바닥을 뒤집어 바라봤다.

[가만히 있지 말고 얼음 발톱을 잡아라. 그렇지 않으면 조금 전 내가 심은 마력 때문에 두 팔이 날아갈 테니까.]

"뭐?"

어서 하라는 듯 고개를 까닥거리는 알른의 모습에 카릴은 인상을 구기며 황급히 몸을 날렸다.

"젠장!!"

콰아아앙--!!

그가 얼음 발톱의 손잡이를 잡는 순간 바닥에 꽂혀 있던 검날에서 폭발이 일어나며 카릴의 몸이 튕겨 나갔다.

"후아……!!"

숨을 토해내며 카릴은 시커멓게 그은 얼굴로 알른을 노려봤다.

"야!!"

카릴은 존대 따위는 신경 쓰지 않고 소리쳤다.

[껄껄껄.]

하지만 알른은 그런 그가 재밌다는 듯 낮은 목소리로 말했다.

[마력을 서서히 움직여 봐라. 이제 좀 덜 아프지 않으냐. 비전력의 특성상 마력을 몸에 적응시키기 위해서는 몸을 격렬하게 움직이고 다시 배출할 필요가 있거든.]

그의 말대로였다.

확실히 조금 전 몸속에 가시가 있는 것처럼 마력을 운용할 때마다 느껴졌던 고통이 조금은 사라졌다.

[이제 넌 2개의 혈맥을 뚫어 4클래스에 도달할 수 있는 경지에 올랐다. 너의 검술이 완성되고 네 마력이 뒷받침된다면 너는 대륙인들이 말하는 소드 마스터의 경지에 오를 수 있겠지.]

'소드 마스터……?! 대륙에 다섯밖에 없는 경지를 저 꼬마가…….'

마력이 없는 하시르로서는 두 사람이 무엇을 하는지 알 수 없었지만 적어도 알른의 입에서 나온 소드 마스터라는 말은 명확하게 들을 수 있었다. 그 경지가 얼마나 대단하고 또 얼마나 강한지는 익히 들어서 알고 있었다.

또한, 경험하지 않았는가. 크웰 맥거번이 이끄는 청기사단에 의해 북부의 이민족들이 무참히 죽어가고 있는 지금의 상황이 바로 그 증거였다.

[하지만 이걸로 만족할 게 아니겠지. 네가 바라는 것이 단순한 소드 마스터가 아니듯, 마력이 충만하다고 모두가 마법사의 반열에 오르는 것은 아니다.]

"그럼……?"

[검술을 훈련하는 것처럼 마법 역시 훈련을 해야 한다는 말이지. 그릇이 되었다고 마법사의 반열에 단번에 오르는 것이 아니니까.]

알른은 손가락을 치켜세우며 말했다.

[그러나.]

카릴의 심장이 두근거렸다.

[비전핵을 흡수한 너는 내 가르침을 받을 수 있는 최소한의 조건에 도달한 것이기도 하지.]

알른은 지금껏 환영 공간에서 마도 검술을 전수해 주었을 뿐 카릴에게 이렇다 할 마법을 가르친 적이 없었다. 마도 검술 역시 그의 것이 아닌 7인의 원로회 중 한 명인 칼네레가 창시한 것일 뿐이었다.

[최소한의 조건이란 다른 말로 한다면 드디어 시작점에 섰다는 의미겠지.]

번쩍-

지지지직……! 지직……!!

알른의 손바닥에서 보랏빛의 마력이 전격을 뿜어내며 만들어졌다.

[지금부터다.]

즈즈즈즉……!!

[네가 진짜로 강해지는 순간은.]

보랏빛은 다시 한번 자줏빛으로 변했다.

[이제부터 네게 내 필생의 역작을 전수해 주마.]

카릴은 야수같이 맹렬한 마력에 털이 곤두서는 느낌이었다. 그럼에도 불구하고 이마에 흐르는 식은땀을 닦아내며 호기롭게 말했다.

"마도 검술처럼 시시한 거라면, 당신 마법도 내가 다시 재정립하겠어."

[크크크…… 기대하지.]

파가가각--!!

그 순간, 알른 자비우스의 즐거움을 대변하듯 자줏빛의 마력은 폭발하듯 핏빛처럼 붉어졌다.

[이것이 나의 진짜 마법.]

그의 목소리가 마치 쐐기를 박듯 뇌리에 꽂혔다.

[비전술(秘傳術).]

"비전술……?"

카릴은 알른을 바라봤다.

[용의 지혜를 통해 마력을 얻은 7인의 원로회에 있던 마법사들도 내 비전술의 진위에 대해서 정확히 알지 못했지.]

그의 손에 있는 전격이 번뜩였다. 한 손에는 마치 번개를 부른 것 같이 일렁이는 빛의 구체가 반대쪽에는 형형할 수 없는 짙은 검은 마력이 느껴졌다.

[나는 네게 말했듯 2개의 마력을 동시에 쓸 수 있다. 구스타브는 내 마력이 번개와 화염을 이용한 술법이라고 생각했지. 사실 그것도 대단한 일이긴 하지. 다른 속성을 쓰는 거니까.]

콰드드득……!!

두 개의 힘이 합쳐지자 보랏빛의 뇌전을 머금은 구체가 탄생했다.

[마법사란 작자들이 어째서 그토록 생각이 닫혀 있을까. 용마력은 무색의 마력. 색깔이 없다는 것은 속성이 없다는 것과 같다. 그 말은 즉, 정해 놓은 속성의 굴레를 초월할 수 있다는 뜻.]

"……."

알른의 손에서 창조된 마력이 심상치 않았다.

[전에 내가 마법과 정령의 연관성에 관해서 얘기한 적이 있지? 세계를 구성하는 5대 속성. 화(火), 수(水), 풍(風), 토(土), 뇌(雷). 이는 태초로 이어지는 정령의 객체와도 같다.]

알고 있다. 마력이 없는 카릴도 알고 있는 오래된 역사니까.

폭염왕 라미느, 거암 군주 막툰, 해일의 여왕 에테랄, 광풍 사미아드, 우레군주 쿤겐.

세계를 구축하는 다섯의 정령왕은 더 이상 볼 수 없지만, 문헌은 여전히 남아 있었고 비록 소수지만 정령술사도 아직 존재했다.

[나락 바위가 우레군주인 쿤겐의 무덤이라고 불리는 이유는 비전의 샘에서 나오는 힘 때문이지.]

그의 말대로였다. 확실히 알른이 만들어낸 비전력은 색깔이 다르긴 했지만 가장 번개와 가까워 보였다.

[하지만 잘 기억해 보거라. 내가 뇌 속성의 마법을 쓰는 것을 너는 본 적이 있느냐.]

카릴은 회색교장에서 처음 그를 만났을 때를 떠올렸다.

알른 자비우스가 웰 바하르르의 머리통을 날려 버렸을 때 그가 쓴 마법은 2클래스의 매직 애로우였다.

"설마……."

[맞아. 다섯 속성 이외에도 2개의 힘이 더 있다.]

"2개의 힘……?"

[빛과 어둠.]

알른은 양 손바닥을 펼쳤다.

[그 둘이 분명히 존재하는데도 불구하고 마법사들은 5대 속성만을 정립했지. 그리고 몇 개의 하급 마법만이 남아 있을 뿐이다.]

"당신이 쓰는 마력의 속성이 번개와 화염이 아닌 빛과 어둠이란 말이야?"

[그렇다.]

그의 입꼬리가 씨익 하고 올라갔다.

[빛의 라시스, 어둠의 두아트. 명백하게 존재하는 두 명의 정령왕의 존재가 어째서 문헌에서 사라졌을까. 그건 지금 너희가 믿고 있는 신. 율라(Yula) 때문이다.]

꿀꺽-

카릴은 억겁의 시간을 거슬러 오면서 단 한 번도 잊지 않은 그 이름에 자신도 모르게 마른침을 삼켰다.

[빛과 어둠. 그게 바로 율라의 힘이기 때문이지.]

알른이 가볍게 몸을 띄워 카릴의 주위를 한 바퀴 휘감듯 날아올랐다.

[잡스러운 녀석들이 만든 5대 속성 체계가 아닌 신의 힘에 근접한 마력. 그게 내 비전력, 아케인(Arcane)이다.]

콰가가강--!!

콰강--!!

그가 두 손을 움켜쥐자 그의 손바닥에 있던 비전력이 폭발을 하듯 굉음과 함께 사라졌다. 눈이 멀 것 같은 새하얀 빛에 카릴은 자신도 모르게 고개를 돌렸다.

[그리고 지금부터 네가 익혀야 할 지식을 네 머릿속으로 주입해 주겠다.]

툭.

알른의 손가락이 카릴의 이마를 짚었다.

[고맙게 생각해라. 천 년 전에도, 천 년 후에도 없을 유일무이한 마법이니까.]

갑작스럽게 뻗어온 그 손길에 카릴은 미처 반응할 틈도 없었다.

[영혼 계약을 하면 이런 일도 할 수 있지.]

조금 전 빛과는 비교도 할 수 없을 섬광이 그의 시야에 펼쳐졌다. 하지만 번쩍이는 빛은 실재하는 것이 아닌 머릿속에서 일어난 것이었다.

'……!!'

태어나서 처음 경험해 보는 감각이었다. 용의 심장을 먹고 레드 드래곤 리세리아의 기억을 읽었을 때와는 또 다른 느낌. 마치, 형용할 수 없는 뭔가가 밀물처럼 그의 머릿속에 밀려오고 있었다.

배운 적이 없는 수식들. 처음 보는 지식. 오랜 세월을 지나온 고뇌. 몇 날 며칠을 밤을 새우게 만들었던 번민.

그리고…… 마침내 도달한 깨달음까지.

"컥…… 커컥……!!"

거세게 밀려오는 지식의 파도가 카릴의 뇌를 강하게 내려쳤다. 심장이 멎을 것 같이 숨을 쉬기 힘들었고 세계가 역전되는 기분이었다. 용의 심장을 먹고 마력을 가질 수 있는 신체가 되었던 것을 환골(換骨)이라 한다면 이것은 정신의 변화였다.

[클클클, 이것이야말로 실로 각성(覺醒)이라 할 수 있겠구나.]

알른은 카릴의 모습을 바라보며 흐뭇한 미소를 지었다.

스아앙……!!

카릴은 본능적으로 검을 뽑았다. 무의식 속에 빠져 있는 그가 마구잡이로 검을 휘두르기 시작했다.

콰앙……!! 콰가가강……!!

그의 검이 지나간 궤도가 폭발하듯 타들어 갔고 빛이 번쩍이고 때로는 어둠이 휘몰아치다가 이따금 불꽃이 일며 공기가 얼어붙었다.

“말도 안 돼…….”

하시르는 그런 그의 모습을 바라보며 자신도 모르게 오금이 저려 주저앉고 말았다.

“하아…… 하아…….”

얼마나 오랜 시간을 검을 휘두른 것일까.

엉망이 된 나락 바위의 정상 위에서 카릴은 거친 숨을 몰아쉬며 서 있었다. 아찔한 고통이 사라지고 핼쑥해진 얼굴로 그는 들고 있던 검을 바닥에 던졌다.

“…….”

카릴은 눈을 감았다. 조금 전까지 밀려들어 왔던 알른 자비우스의 지식을 천천히 되새김질하기라도 하려는 듯 보였다.

[기분이 어떠냐. 이제야 너는 4클래스인 마법사의 반열에 올랐다고 할 수 있겠지. 물론, 내게 받은 지식은 그 이상이겠지만 아직은 완벽하게 다 쓸 수 없을 게다.]

카릴은 천천히 감았던 눈을 떴다.

"당신, 대마도사란 칭호가 어울리지 않는군."

그는 자신이 얻은 지식이 알른의 극히 일부에 불과하다는 것을 알았다.

"현자라고 불러 마땅해."

[크크크…… 이제야 이 몸의 위대함을 알겠느냐. 너는 정말 운이 좋은 녀석이야.]

"내 그릇이 훌륭하기 때문이지."

카릴은 바짝 마른 입술로 피식 웃었다.

[농지거리하는 걸 보니 이제 조금 살 만한가 보구나. 이제 와서 하는 얘기지만 솔직히 말하지. 넌 꽤 위험한 상태였다.]

"그게 무슨 말이지?"

[네 몸을 한번 봐라.]

알 수 없는 알른의 말에 카릴은 두 손을 들어 바라봤다.

"음?"

손뿐만이 아니었다.

어쩐지 조금 더 자란 느낌.

신고 있던 신발은 닳아서 앞코가 터져 버렸고 입고 있는 옷도 꽉 조이는 기분이었다.

'몸이…… 커졌다?'

정신의 변화뿐만 아니라 비전력이 신체에도 영향을 끼친 것일까. 탄탄한 근육이야 검을 수련하면서 이미 가지고 있었던 것이지만 그 근육마저도 더욱 성장한 기분이었다.

[나르 디 마우그가 네게 했던 말. 용의 심장을 먹으면 환골의 기회를 얻을 수 있다는 건 틀린 말은 아냐. 하지만 잘 생각해라. 너는 카이에 에시르가 남긴 유물이 없었다면 이미 죽었겠지.]

"……."

[그마저 임시방편에 불과할 뿐. 네가 전생에 인간의 한계를 뛰어넘은 육체를 성장시킬 수 있던 경험이 있었기에 망정이지 그렇지 않았다면 탐욕의 팔찌라 하더라도 무의미했다.]

"그게 도대체 무슨 말이야."

[작은 그릇에 물을 계속 붓는다면 어떻게 되지? 넘치게 마련이지. 네 몸은 넘치는 마력을 탐욕의 팔찌가 대신 흡수해 주고 있었던 형국이었다.]

"알고 있어."

[두 개의 혈맥이 네 개가 된다고 네 몸이 안정화될까? 상식적으론 그렇지. 하지만 네 몸은 모든 것이 반대야. 댐에 금이 두 개에서 네 개로 늘어난 것과 같지.]

"……."

[지금처럼 혈맥이 뚫려 감당할 수 없는 강한 마력이 일순간, 네 몸에 들어오게 된다면 어떻게 될까.]

카릴은 낮은 목소리로 말했다.

[마력의 물살에 사지가 부서지겠지.]

오싹한 기분이었다. 지금까지 단 한 번도 육체에 관한 걱정을 해본 적이 없었으니까.

"나르 디 마우그가 내게 거짓말을 했단 말이야?"

[아니. 백금룡 그자는 거짓말을 하진 않았지. 하지만 진실도 모두 얘기하진 않았어.]

알른 자비우스는 낮은 목소리로 웃었다.

[운이 좋다. 아니, 운명이란 말을 싫어하지만 이거야말로 운명의 장난이겠지. 어쩌면 이건 전생의 그자도 네가 나를 만날 것이라고는 상상 못 했을걸.]

웃는 그의 모습과 달리 카릴의 머릿속은 복잡했다.

[누차 얘기하지 않았느냐. 그자를 믿는 건 네 자유지만 모두 믿지는 말라고. 다른 마력이 아닌 비전력을 얻게 되었기에 너는 용마력을 어느 정도 컨트롤할 수 있게 될 거다.]

그러고는 알른은 탐욕의 팔찌를 가리켰다.

[여차하면 그걸 풀고 마법을 써도 이젠 죽진 않을 거다. 다만 후폭풍이 어마어마하겠지.]

그는 강조하듯 말에 힘을 주었다.

[강해져라. 단순히 육체가 아닌 그 이상으로. 신의 운명을 뒤집어놓을 녀석이라면 드래곤 정돈 씹어 먹을 수준이 돼야지. 안 그래?]

카릴은 알른의 말에 낮게 웃었다.

놀랍게도 조금 전까지 날뛰었던 것을 잊은 것처럼 그의 마음은 잔잔하게 가라앉아 있었다.

냉정하게 바라보고 냉철하게 생각한다. 단순히 마력 때문이 아니라 그는 스스로도 하나의 벽을 뛰어넘은 모습이었다.

[그래서 말인데.]

알른 자비우스는 카릴을 바라보며 말했다.

[조금 전 그 기사단 녀석들. 정말로 그대로 둘 생각이냐.]

"그게 무슨 의미야?"

[네 생각은 뭔지 알겠다. 네 말대로 네가 남부의 힘을 기르기 전까지 두 형제가 엎치락뒤치락하면서 싸우는 것도 나쁘지 않지…….]

알른이 말꼬리를 길게 늘어뜨렸다.

[라는 핑계는 하지 마라.]

알른의 말에 카릴의 눈썹이 씰룩거렸다.

[너무 얄팍하지 않아? 네가 아인헤리에서 밖으로 첫발을 디뎠을 때 무슨 각오로 나왔지?]

그의 목소리가 나락 바위에 울렸다.

[더 이상 니르일은 신탁이 내려지고 너와 함께 싸울 동료가 아니다. 너의 앞을 막을 적이지. 아니면 널 죽이려고 했던 올리번에게 연민을 가지고 있는 것이냐.]

카릴은 천천히 고개를 들었다. 새벽을 지나 태양이 떠오르려는 어스름이 걷히기 직전의 마지막 남은 차가움이 사라지는 것처럼 그의 머릿속이 깨끗해지는 기분이었다.

[영웅이 되려고 하는 것이라면 전생처럼 살아라. 하지만 패왕이 되고자 하는 것이라면 너는 생각의 틀을 깨야 할 것이다.]

그 순간, 알른 자비우스의 한마디가 그의 마음을 울렸다.

[제1황자가 되었든 제2황자가 되었든 결국 누가 되었든, 그들은 황제에 오를 것이며 네가 보낸 려기사단이 훗날 더 많은 네 병사를 죽일 황제의 검이 될 것이다.]

알른은 쓴웃음을 지었다.

[이유는 수없이 많고 핑계는 셀 수 없어도 진실은 하나다. 네 앞을 막는 자들. 누가 되었든 결국 적일 뿐. 그 이상도 그 이하도 아니다.]

꽈악-

카릴은 검을 잡은 손에 힘을 주었다.

사실 누구보다 잘 알고 있었다.

[너는 네 나약한 마음을 그럴싸한 핑계로 나를 납득시키려고 그런 말을 했지만 네가 납득을 시켜야 할 건 사자(死者)인 내가 아니라 너를 따르는 자들이다.]

알른은 마지막 질문을 할 때라는 것을 직감했다.

[너는 왜 싸우지?]

"미래를 바꾸기 위해서."

그는 천천히 고개를 끄덕였다.

[그거면 됐다.]

그리고, 알른 자비우스의 모습이 흐려졌다.

[클클…… 애송아, 아무래도 잠시 이별을 고해야겠구나. 내가 할 일은 끝냈으니까. 미하일을 가르치는 건 이제 네게 맡긴다. 내 지식 역시 네게 있으니.]

"이별이라니? 무슨 말이야?"

[비전력을 전수 해준 덕분에 네 힘과는 별개로 내겐 지금 영체를 유지할 힘도 더 이상 남아 있지 않거든.]

흐릿한 그를 향해 카릴은 황급히 손을 뻗었다.

"뭐……? 조금 전에 당신이 말했잖아. 내 힘을 쓰게 되면 현신을 할 수 있다고!"

[클클…… 것 봐라. 너는 아직 물러. 그 말을 곧이곧대로 믿으니 말이야. 나도 백금룡과 같다. 틀린 말이 아니다. 하지만 완벽한 진실도 아니지. 조금 더 네가 이 힘을 제대로 쓸 수 있게 될 때야 가능하겠지만.]

알른 자비우스의 마지막 목소리마저 흐릿해졌다.

갑작스러운 이별에 카릴은 할 말을 잃은 듯 그저 그를 바라볼 뿐이었다.

[재밌었다. 그리고 기다리마.]

"알른……!!"

사라져 가는 그의 마지막 말이 카릴의 귓가를 스치며 남았다.

[강해지고 모질어져라. 그 길이 피의 길이라 할지라도 나아

가라. 내 유일한 제자, 카릴 맥거번.]

"아무래도 제국인들은 물러간 모양입니다."

카일라 창이 일러줬던 비밀 장소에 오자 쓰러져 있던 부상자를 보살피던 키누 무카리가 카릴에게 보고했다.

"그럴까."

절벽 위에서 번뜩였던 빛기둥의 정체가 궁금했지만 그는 카릴의 모습을 보자마자 굳이 물어볼 필요가 없다는 것을 깨달았다.

'그곳에서 성취를 얻으신 게 분명하군.'

처음 카릴을 만났을 때만 해도 그는 강하지만 투박함 속에서 이따금 예기를 뿜어냈다면 지금은 마치 섬세하게 간 명검(名劍)을 보는 것 같았다.

"……."

그리고 그의 변화를 증명하듯 아무런 말도 하지 않지만 하시르의 표정에서 알 수 있었다.

"이제 어떻게 하실 생각이십니까?"

"그건 저 사람에게 물어야지."

카릴은 무리를 뚫고 쓰러져 있는 창 일가의 가주, 툴루 창에게 다가갔다. 그러자 그는 황급히 일어났다.

"편하게 있게. 포션을 써도 마나 블레이드로 인한 상처는 쉽게 낫지 않으니까. 그게 제국인들의 무서운 점이지."

"다시 한번 감사드립니다……. 구해주신 것도 모자라 나락 바위까지 지켜주셨으니 뭐라 할 말이 없습니다."

툴루 창은 고개를 숙였다.

살아 있는 부족원의 수는 기껏해야 십여 명에 불과했다.

절망적인 상황처럼 보였지만 카릴은 의외로 담담하게 말했다.

"딱히 그런 것은 아니다. 운이 좋았을 뿐. 너희가 말한 나락 바위에 있는 정령왕의 무덤은 사실상 마도 시대에 만들어진 비전의 샘이거든."

"……."

"나는 그곳에서 힘을 얻었고 운 좋게도 너희들을 살릴 수 있었던 거지."

"당신은 도대체……."

"남부를 통일할 사람. 그리고 너희를 중앙으로 진출시킬 사람이다."

너무나도 당연하게 얘기를 하는 바람에 툴루 창은 순간 잘못 들은 게 아닐까 싶었다.

"보는 바와 같이 이제 제국은 전쟁의 서막을 알렸다. 북부와 마찬가지로 남부 역시 그들이 노리는 타깃이 된 거지."

카릴은 툴루 창을 바라봤다.

"그들이 너희를 습격할 때 남부를 가로질렀다고 하던데 디곤 일족이 제국과 결탁을 한 건가?"

그는 아무런 말을 하지 못했다.

"사태를 정확히 파악해야 대처를 할 수 있다."

어쩌면 알고 있지만 모른 척하고 싶었던 현실일지 모르지만 카릴은 재차 물었다. 확인할 필요가 있으니까.

단순히 디곤 일족이 제국과 손을 잡았다는 것이 아닌 창 일가가 얼마나 자신에게 속내를 털어놓을 것인가를 보기 위함이었다.

"저희도 잘 모르겠습니다. 확실히 대초원의 반대쪽 경계는 디곤 일족의 영토입니다. 남부의 경계가 무너졌다는 보고를 듣지도 못했는데 갑자기 그들이 나타났으니……."

"가능성이 높다는 거군."

"그렇습니다."

툴루 창은 고개를 끄덕였다.

'확실히 이상해. 디곤의 밀리아나는 누구보다 내가 잘 안다. 제국을 싫어하기로 유명한 녀석이라 신탁이 내려지기 전까진 적의로 가득했는데…….'

도대체 무슨 일이 있었기에 이런 결과가 생긴 걸까.

카릴은 전생의 기억을 더듬어봤지만 도무지 감을 잡을 수가 없었다. 애초에 올리번이 황위에 오른 뒤에 남부 정벌을 시도했다는 것에서 야만족과 제국 간의 관계가 좋지 않다는 것이었으니까.

"그전에 이렇다 할 일은 없었나?"

"글쎄요. 딱히 눈에 띄는 일은 없었습니다만……."

"다만?"

툴루 창은 살짝 고개를 갸웃거렸다.

"이번 일과 관계가 있을지는 모르겠으나 1년쯤 전에는 몇 번 남부 쪽으로 제국인들이 온 적이 있습니다."

그는 확인을 구하듯 자신의 부족원을 바라봤다. 그러자 부상자 중 한 명이 손을 들며 말했다.

"맞습니다. 제국인들은 워낙 북부 쪽에 집중하고 있던 터라 남부로 오는 건 이례적인 일이라 기억하고 있습니다."

부족원은 하시르를 힐끔 바라보고는 말했다.

"1년 전? 그때 무슨 일이 있었는데?"

"디곤을 찾아온 자들이 바로 저희를 습격했던 기사들이었습니다."

그 순간, 카릴은 머리를 망치로 두들겨 맞은 것 같은 느낌을 받았다.

"……뭐?"

'설마…… 올리번은 그때부터 남부와의 회담을 준비하고 있었단 말인가?'

카릴은 자신도 모르게 낮은 탄성을 질렀다. 단순히 타투르만이 아니었다. 디곤과의 동맹과 5대 일가의 숙청까지…….

도대체 몇 수를 앞에 본 전략이란 말인가.

'대단하구나…… 올리번.'

자신의 친우이기 이전에 그는 이제 적이 될 사람이었다. 그럼에도 불구하고 카릴은 그를 인정했다.

'혼자만으로는 역부족이다.'

왕국과 왕국, 대군과 대군이 싸우게 될 이 전장에서 카릴은 자신에게 부족한 것이 무엇인지 뼈저리게 실감할 수 있었다.

바로, 책사(策士)였다.

'남부와 북부의 병사들은 뛰어난 전투력을 가졌지만 그에 비해 전략가가 부족한 실정이다. 앞으로의 싸움은 단순한 병력 싸움이 아닌 두뇌 싸움.'

카릴은 예전부터 염두에 두었던 한 사람을 떠올렸다.

불세출의 천재라 불리던 티렌 맥거번과 함께 제국의 쌍벽을 이뤘던 왕좌지재(王佐之才), 앤섬 하워드.

'제1황자의 편만 들지 않았더라도 살아남을 수 있었겠지. 어쩌면 참으로 불운한 사내일지도 모르지만…… 제국 안에서 유일하게 내게 힘을 빌려줄 자이기도 하다.'

앤섬 하워드는 뛰어난 재능을 가진 자였지만 망명한 타국의 귀족 출신이란 신분 때문에 끝내 빛을 발하지 못했다.

인재를 보는 안목이 뛰어난 제1황자파의 재상 브린 이니트의 눈에 들어 극적으로 정계로 진출할 수 있었지만 그다지 발언권을 얻지도 못했다.

'이제 그를 찾아갈 때가 되었나…….'

그런 자가 어째서 왕좌지재라는 말까지 듣게 되었을까.

사실 그 평가는 그의 사후(死後), 역사가들에게서 붙여진 이름에 불과하다.

제국의 전쟁을 기록하던 도중 몇 차례 되지 않아 눈에 띄지 않았지만 흥미로운 결과를 찾아냈다. 올리번과의 대전에서 앤섬 하워드가 참가한 전투는 언제나 승리했다는 점이다.

황권 쟁탈전 양쪽을 통틀어 유일한 전승의 책략가.

하지만 전투에서 승리했으나 그를 제대로 활용하지 못한 루온 때문에 결국 전장의 이슬로 사라졌을 뿐이다.

'전투 감각만큼은 제국의 가장 뛰어난 책략가라 평해지던 브랜 가문트를 뛰어넘은 자.'

자신의 생각보다 빨랐지만 카릴은 좀 더 빨리 중앙으로 가야겠다는 생각이 들었다.

"툴루 창."

카릴은 나지막하게 가주의 이름을 불렀다.

"물증은 없지만 당신의 말대로라면 충분히 제국과 디곤의 동맹을 사실로 봐야겠지. 대초원의 4대 부족이 힘을 보태기로 하였다. 뿐만 아니라 북부의 이민족들도 함께하기로 했다."

카릴은 하시르를 가리키며 말했다.

'허 참…… 벌써 우리가 자기네 부하가 되었군. 잘도 아무렇지 않게 말한단 말이야. 나에게도 제대로 된 설명을 해주지 않았으면서.'

기가 막힐 노릇이었지만 하시르는 그 뻔뻔함이 어쩐지 싫지 않은 기분이었다. 게다가 나락 바위에서의 그 모습을 다시 떠올리자 하시르는 자신도 모르게 몸을 부르르 떨었다.

그의 검 소리가 아직도 귀에 생생했다.

잠자코 있는 그를 확인하고서 카릴은 다시 말했다.

“직접 경험했으니 알 것이다. 이대로라면 남부는 제국의 힘에 순식간에 당할지 모른다.”

웅성웅성-

창 일가의 생존자들은 카릴의 말에 떨리는 목소리로 말했다. 잠시 그들의 불안함이 고조가 되길 기다리던 카릴은 천천히 입을 뗐다.

“방법은 있다.”

그러고는 툴루 창을 향해 말했다.

“저들이 그렇듯 너희도 내게 힘을 보태주겠나? 4대 일가의 나머지 사람들을 모아다오. 지금부터 그대들에게 할 말이 있다.”

“이미 전갈을 보냈습니다. 당신의 존재는 모르지만 이번 습격으로 인한 대책을 위해 반나절 안으로 모두 모일 거예요.”

카일라 창의 말에 카릴은 자신도 모르게 입꼬리를 올리고 말았다. 전부터 봤지만 그녀의 눈썰미는 제법 훌륭했다. 야만족답지 않은 상황을 보는 눈이 카릴의 마음에 쏙 들었다.

“일 처리가 좋군.”

카릴은 그녀를 바라보며 말했다.

“반나절이라…….”

그러고는 고개를 끄덕이면서 그는 툴루 창에게 말했다.

"려기사단이 대단하긴 하지만 창 일가가 단 한 번의 습격으로 전멸했을 거라곤 생각하지 않는다. 그렇지?"

그의 말에 툴루 창은 고개를 끄덕였다.

"움직일 수 있는 자들 몇을 추슬러 주게. 하시르, 넌 그들과 함께 늑여우들을 풀어서 생존자들을 좀 찾아봐 줘."

"……알겠습니다."

크큭, 꽤 고분고분해졌구만. 이게 다 이 몸을 보고 놀라서겠지. 이 녀석, 바지에 지린 건 아닌지 모르겠는데.

아마, 알른 자비우스가 있다면 그렇게 말했을 것이다.

카릴은 그의 목소리가 얼핏 들린 것 같은 기분에 쓴웃음을 지었다.

"결행은 4대 일가가 모두 모인 다음. 오늘 밤이다."

카릴은 스스로 생각하기에도 너무나 빠른 전개라는 걸 부정할 수 없었다. 원래대로라면 창 일가를 비롯해 그들의 신뢰를 쌓고 천천히 남부를 정비할 생각이었다.

그러나 느닷없는 제국의 공격.

'북부와 남부의 상황을 봤을 때 분명…… 타투르도 안전하다고만 볼 순 없을 거야. 불안하지만 조금 더 빨리 움직일 수밖에.'

방아쇠는 이미 당겨졌다.

카릴은 더 이상 머뭇거릴 틈이 없다는 것을 깨달았다.

"모두 속도를 높여라!! 밤이 오기 전에 숲을 빠져나간다!!"

"넵……!!"

어스름이 내리기 시작한 저녁.

나르일은 지친 기색을 감추며 자신의 기사를 독려했다. 기습을 위해 제대로 쉬지 않고 남부의 사막을 뚫고 왔던 그들이었기에 피로는 말도 못 할 정도였다. 그러나 이곳이 적진이라는 것을 잘 알기에 그들은 말의 박차를 가했다.

그때였다.

콰아앙--!!

"아악!!"

굉음과 함께 앞서가고 있던 정찰병의 비명이 들렸다.

"무슨 일이지?"

"확인해 보겠습니다."

부관을 맡은 젊은 기사는 롱 소드를 뽑으며 말의 옆구리를 강하게 쳤다.

"히이잉……!!"

말굽이 하늘을 향해 올라간 순간.

서걱-

놀랍게도 기사의 말은 달리지 않고 갑자기 바닥으로 떨어진 자신의 주인을 바라보며 어리둥절하며 멈춰 설 뿐이었다.

"……!!"

바닥에 떨어진 잘린 목에서 뿜어져 나오는 핏물이 나르일의 얼굴에 튀었다.

"이, 이게 무슨……?!"

바로 몇 초 전까지만 하더라도 자신의 옆에 살아 있던 자가 싸늘한 시체가 되었다. 그것도 수십 명의 기사에 둘러싸여 있는 한복판에서 말이다.

"흡!!"

그 순간, 나르일의 뒤에 있던 란돌이 짧은 숨을 토해내며 해방된 불꽃을 있는 힘껏 내질렀다. 뺨을 아슬아슬하게 스치고 지나가는 검날에 나르일은 화끈거리는 열기를 느꼈다.

콰아앙!!

상관에게 위협이 될 만한 행동은 징계를 받아 마땅한 일이었지만 나르일은 식은땀이 주르륵 흐르는 뺨을 닦을 새도 없이 자신의 도끼를 움켜쥐었다.

"네놈……!!"

종이 한 장 차이로 란돌의 해방된 불꽃이 자신의 목을 베어버릴 검을 막았기 때문이다.

정체가 무엇인지는 물을 필요도 없었다. 차가운 냉기를 뿜어내는 검을 가진 사람은 딱 한 명뿐이었으니까. 다만, 걸리는 것이 있다면 조금 전 바위 정상에서 만났을 때도 대단했던 예기가 이제는 바라보고 있는 것만으로도 베일 것 같은 느낌이라는 것이었다.

'마치 딴 사람 같구나.'

나르일은 눈앞의 적이 심상치 않다는 것을 직감했다. 전투에 돌입하면 광인이 되는 그조차도 광기보다 공포심에 눌려 오히려 정신이 또렷해지는 기분이었으니까.

저벅- 저벅- 저벅-

수십의 기사 사이를 아무렇지 않게 걸어가는 카릴에게 누구 하나 검을 겨누지 못했다.

공포.

제국의 기사란 자들이 단 한 사람이 뿜어내는 아우라를 이기지 못하고 굳어버리고 만 것이다.

스응-

날카로운 공기를 가르는 소리가 들렸다.

나르일의 턱 아래 닿은 검날처럼 차갑게 어둠 속에서 카릴은 눈빛을 빛내며 말했다.

감정을 죽이고, 과거를 잊고, 그저 눈앞에 있는 현재의 적을 향해서.

"무기를 들어라, 나르일."

지금, 제국 전쟁의 서막을 열었다.

▶Chapter 4◀

"저 사람인가……."

"나락 바위의 정상에서 우레군주의 힘을 얻었다는 자가?"

"생각보다 왜소하군."

카릴은 자신을 향한 여러 눈빛을 바라보며 하시르에게 말했다.

"우레군주의 힘이라니?"

"뭐, 다들 궁금해하는 것 같아서 조금 귀띔을 했을 뿐입니다."

하시르는 아무렇지 않은 척 말했지만 여우 같은 그의 행동에 카릴은 낮게 웃을 수밖에 없었다.

무슨 짓을 했는지 뻔했다. 마력을 가진 제국인들이라 할지라도 천 년 전 비전력에 대해서는 알지 못할 것이다.

하물며 마력이 없는 남부인들이라면 오죽하겠는가.

눈치 빠른 하시르는 창 일가를 찾는 와중에 만난 남부인들에게 나락 바위에서의 일을 슬며시 퍼뜨렸다.

"그저 사실만. 하늘에서 떨어진 보랏빛 낙뢰가 카릴 님의 힘이라고 말했을 뿐입니다."

입에서 입으로, 창 일가의 비밀 장소에 모인 4대 일가의 사람들은 정령왕의 무덤에서 선택받은 자가 누구인지 궁금하지 않을 수가 없었다.

"게다가 저건 각왕(覺王)의 증표잖아."

"구릉의 주인이 길들일 수 있는 생물이었던가? 정말로 대초원의 4부족이 그의 밑으로 들어갔다는 걸 인정하지 않을 수 없겠군……."

낮은 탄식도 들렸다.

5대 일가 중 우두머리라 할 수 있는 툴루 창이 카릴의 옆에서 있는 것만 봐도 이견은 없었다.

"이야기는 들었을 것이다. 그리고 현재 창 일가의 상황도 그리고 나에 대해서도."

카릴은 고개를 돌렸다.

그러고는 서 있는 사람들 중에 숯을 바른 것 같이 전신에 검은 문신을 한 남자를 향해 말했다.

"자네가 타샤이 족장이겠지? 이름이 뭐지?"

"라군이오."

남자가 고개를 끄덕이며 말했다.

"디곤 일족에 대한 보고를 해보게. 아마 타샤이 부족이 아무것도 안 하고 빈손으로 오진 않았을 테지."

라군의 눈동자가 가볍게 흔들렸다. 짧은 사이에 많은 업적을 일궈냈다지만 여전히 그들의 눈엔 어린아이로 보일 뿐이었다. 마치 5대 일가를 잘 알고 있는 투로 말하는 카릴의 모습에서 라군은 흥미가 일었다.

5대 일가 중에서도 숲의 일족이라고 불리는 타샤이 부족은 은신에 뛰어난 남부에서 가장 은밀한 부족이었기 때문이다.

라군은 잠시 뜸을 들이다 입을 열었다.

"창 일가가 습격을 받았다는 보고를 받는 순간 몇몇 일족을 디곤과 이매 부족으로 보냈습니다."

"뭐? 우리 일족에게?"

이매 부족의 수장인 둔카이는 라군의 말에 굵은 눈썹을 씰룩거렸다. 산림의 능선에 사는 그들은 다른 부족에 비해 덩치가 크고 완력이 세기로 유명했다. 특히, 부족장인 둔카이는 세워 놓은 막사가 작아 허리를 굽히고 있을 정도였다.

"별다른 의미는 없다. 창 일가를 습격할 만한 전투력을 가진 부족은 이 둘뿐이니까."

"흥……."

둔카이는 팔짱을 낀 채 헛기침을 했지만 딱히 라군의 설명이 싫지만은 않은 듯 보였다.

"그래서? 내린 결론은?"

"보시는 바와 같이 창 일가를 습격한 것은 예상치 못한 제국 기사였고 그들이 디곤의 영토를 가로질러 온 것이 맞습니다."

"역시…… 디곤이 제국과 결탁했나?"

"빌어먹을……! 남부의 패자라는 이름이 아깝군! 자신의 안방을 휘젓도록 그냥 문을 열어줬다고?"

"믿을 수가 없군."

라군의 말에 부족장들은 저마다 한마디씩 했다. 카릴은 그런 그들을 향해 손을 들었다.

"다들 진정하게. 계속 말해봐. 디곤이 아무런 이유 없이 남부의 문을 열어줄 리가 없어. 그들이 원하는 바가 있을 텐데."

"정황이 급박해 거기까지는 알아보지 못했습니다. 하지만 디곤에 있는 수하가 조사하는 중이니 시간이 걸리더라도 확인할 수 있을 겁니다."

"디곤에 끄나풀이 있다고? 타샤이 녀석들 설마 우리 쪽에도 심어 놓은 건 아니겠지?"

"그럴 리가. 5대 일가 중에 가장 힘없는 엔라 부족은 우리도 관심 밖이다."

"뭐, 뭐야?!"

"크크큭."

엔라 부족의 족장은 라군에 말에 얼굴을 붉혔다. 둔카이와 툴루 창은 그 모습에 낮게 웃었다.

"디곤 일족이 강하다고 하지만 기사들이 물러간 이상 단독으로 5대 일가를 공격할 순 없을 것이다. 그동안 그대들이 해야 할 일이 있다."

사태가 진정되자 카릴은 고심하고 있었던 말을 꺼냈다.

"그게 무엇입니까?"

"앞으로 디곤뿐만 아니라 언제든 제국이 다시 이곳을 침범할 수 있다는 가능성을 항상 염두에 둬야 한다. 그 말은 곧, 제국과의 전쟁을 대비해야 한다는 말이기도 하다."

그의 말에 툴루 창을 비롯해 려기사단과 싸워본 사람들의 낯빛이 어두웠다.

"승산이 없는 것은 아니다."

스릉-

카릴은 품 안에서 작은 단검을 꺼냈다. 검집에서 꺼낸 아그넬이 그들의 앞에서 날카로운 예기를 뿜어냈다.

회색교장에서 타락을 베고 난 뒤, 신기하게도 아그넬의 검날은 연한 우윳빛으로 변해 있었다.

카릴은 있는 힘껏 단검을 중앙에 있는 화로에 박아 넣었다. 마치 두부가 잘리듯 아무런 반발도 없이 검날이 보이지 않을 정도로 깊숙이 박혔다.

"이 검은 청린으로 만들어진 것이다."

"……!!"

부족장들은 카릴의 말에 깜짝 놀라지 않을 수 없었다.

"설마…… 신의 광물을 말씀하시는 겁니까?"

"더 이상 구할 수 없다고 알려져 있는데……."

"지금까진 그랬지. 하지만 이제부터는 다르다. 너희는 앞으로의 전쟁을 대비해 이 청린을 채취해야 한다."

'이것은 부족 간의 전쟁, 제국과의 전쟁을 넘어 타락과의 전쟁까지 대비하는 일이기도 하다.'

부족장들의 아그넬을 바라보던 떨리는 눈빛이 카릴을 향했다.

"이제 내가 비전의 샘을 다시 채울 것이니 그대들은 비밀리에 그곳에서 청린을 모아라."

"하지만 저희는 이걸 제련할 방법이 없습니다."

"그건 걱정 마라. 인간보다 훨씬 더 뛰어난 대장장이들이 타투르에 있으니."

스윽-

카릴은 아그넬을 뽑으며 말했다.

"그대들은 나를 따르겠는가?"

꿀꺽-

목젖이 움직이는 소리가 크게 들릴 정도로 순간 카릴의 말에 정적이 흘렀다.

'청린으로 무장한 병사…….'

'그거라면…….'

카릴은 지금 그들의 머릿속에 떠오르는 생각이 무엇인지 짐작할 수 있었다. 또한 자신의 옆에 서 있는 하시르의 표정 역시 기대했던 대로였다.

"그래. 이것이 내가 그대들에게 줄 제국을 이길 힘이다."

그때였다.

쿵!!

"이미 목숨을 빚졌습니다. 창 일가의 목숨은 당신의 것입니다. 나락의 주인이시여."

그 정적을 깬 것은 툴루 창이었다.

"디곤 일족의 명이 있었지만 선대의 선대 그리고 그 선대의 선대부터 5대 일가는 나락 바위를 수호하는 임무를 맡았습니다. 정상의 그것이 정령왕의 무덤이든 비전의 샘이든 중요하지 않습니다."

그는 다른 족장들에게 들으라는 듯 무릎을 꿇고 포권을 취한 채로 목소리에 힘을 주었다.

"나락의 정상에서 힘을 얻은 당신은 저희들에게 힘을 증명한 것과 다름없습니다."

툴루 창은 자신의 허리에 차고 있는 작은 송곳니 하나를 꺼냈다. 대초원의 부족들이 가지고 있던 각왕의 증표와 비슷하면서도 조금 달랐다.

"창 일가의 증표를 당신께 바칩니다."

척-!! 처척--!!

그 순간, 나머지 4대 일가의 족장들도 일제히 툴루 창과 똑같이 무릎을 꿇고서 저마다의 증표를 카릴의 앞에 꺼내놓았다.

"이매, 타샤이, 엔라, 부이족 역시 창 일가의 의견에 이견이 없습니다."

염원하는 단 하나의 목표. 그것을 이룰 수 있는 방법을 제시한 카릴과 5대 일가의 수장인 툴루 창의 충성만으로도 다른 설명은 필요 없었으니까.

카릴은 그런 그들을 바라보며 천천히 고개를 끄덕였다.

'됐다. 이걸로 디곤 일족을 경계하면서도 나는 누구보다 강력한 무기를 얻을 수 있게 되었다.'

남부에서 해야 할 마지막 일을 끝냈다는 생각이 들자 카릴은 자신도 모르게 주먹을 쥔 손에 힘이 들어갔다.

"봉화를 피워라. 새로운 5대 일가의 수장의 탄생을 모든 일족에게 알려라."

촤아악……!!

툴루 창의 외침과 함께 막사의 천막이 걷히자 멀게만 느껴졌던 그 앞에 대열을 지키던 병사들이 일제히 무릎을 꿇었다.

"장관이로군요."

저 멀리 피어오르기 시작하는 봉화의 숫자가 하나둘 순식간에 늘어갔다. 아마 이곳에 모이지 않은 수백, 수천의 크고 작은 부락에 있는 5대 일가의 사람들이 봉화의 연기를 보며 눈앞의 병사들처럼 카릴에게 충성을 맹세하고 있을 것이다.

미하일은 자신도 모르게 감탄을 터뜨리며 말했다.

"고작 남부의 절반일 뿐이야."

카릴은 저 멀리 제국이 있을 중앙을 주시하며 낮은 목소리로 말했다. 하지만 그런 그를 바라보며 에이단은 낮은 목소리로 웃었다.

"글쎄요. 전 다른데요. 혼자서 제국도 하지 못한 남부의 절반을 정복하신 겁니다. 그 어떤 피도 흘리지 않고."

그는 하시르를 바라봤다. 이단섬멸령을 내린 황제는 카릴과 마찬가지로 북부 정벌의 출사표를 던졌다.

크웰 맥거번의 청기사단이 지나간 자리는 오직 시체와 혈흔만이 남을 뿐이었으니까.

"맞습니다."

하시르는 에이단의 말에 고개를 끄덕였다.

"베이칸, 키누 무카리, 카일라 창, 하시르. 너희 넷은 지금부터 나와 함께 중앙으로 간다."

"네? 저도요?"

"그래."

호명된 네 사람 중 카일라는 예상치 못한 듯 깜짝 놀랐지만 이내 곧 두 손을 포개며 말했다.

"모시게 되어 영광입니다."

"해야 할 일이 많을 것이다. 다들 각오하도록."

"명심하겠습니다."

"알겠습니다."

충성을 맹세하는 그들의 모습에 에이단은 낮은 목소리로 말했다. 그러고는 막사 밖의 부족원들을 가리켰다.

"대초원의 부족을 통합하실 때도 말씀드렸지만 저희가 이곳에 왔을 땐 겨우 3명이었습니다."

그렇다.

고작 3명으로 일궈낸 일.

"하지만 보십시오. 수천의 병사가 지금 카릴 님의 앞에 있습니다."

이어서 카릴이 호명한 네 사람을 바라보며 말했다.

"세 명이서 남부의 절반을 얻었으니 이제 그 두 배가 되는 전력이 돌아간다면 중앙마저 얻을 수 있지 않겠습니까."

그의 한마디에 모두가 웃었다.

허무맹랑한 농담처럼 들리지만 카릴이라면 그 농담마저 현실로 이룰 수 있을 것 같은 묘한 고양감을 일으켰다.

[크르르르르르……!!]

귀를 찢을 것 같은 괴수의 포효가 마치 출진을 알리는 나팔소리처럼 나락 바위에 울렸다.

거대한 뱀과 같은 샌드 서펀트가 무리를 뚫고 튀어나와 카릴의 앞에 머리를 조아렸다. 녀석의 머리 위로 서슴없이 걸어 올라가자 서펀트는 천천히 고개를 들어 올렸다.

'미래는 바뀌었다.'

그가 알고 있던 미래와 달라졌고 한 치 앞도 알 수 없는 상황이 되었다.

하지만 전생과 다른 하나가 있다.

'그러나 바뀌는 대로 놔두지 않을 것이다.'

그 소용돌이의 중앙에 자신이 있다는 것을 잘 알았으니까.
'역사는 그들이 아닌 내가 쓴다.'
카릴은 말했다.
"중앙으로."
마력이 담긴 그의 목소리는 놀랍게도 사람들의 머릿속에 직접 울리는 것 같았다.

[크르르르……!!]
샌드 서펀트는 포나인의 세찬 물살이 오히려 즐거운 듯 아무렇지 않게 헤엄치고 있었다.
"엄청난 걸 데리고 오셨네요. 그동안 도대체 무슨 일이 있었던 겁니까?"
수안 하자르는 반가움 반 놀라움 반으로 서펀트의 머리 위에 서 있는 카릴을 바라봤다.
"카릴 님."
그의 말과 동시에 나머지 두 사람 역시 고개를 숙였다.
"오셨습니까."
"마스터."
캄마와 두샬라는 1년 사이에 변해 버린 그의 모습에 놀라지 않을 수 없었다.

'아이는 빠르게 성장한다지만…… 이젠 사내의 냄새가 나는 것 같은걸.'

두샬라는 깊이를 알 수 없는 눈동자에 어쩐지 매료되는 기분이었다.

"잘 있었나."

서펀트의 머리 위에서 성큼 뛰어내린 카릴이 그녀의 옆에 섰다.

"아, 네. 물론입니다. 내리신 명령도 모두 잘 처리해 두었습니다."

그녀는 자신의 생각이 틀리지 않았음을 알았다.

떠나기 전만 하더라도 그녀는 카릴보다 키가 컸었다.

카릴의 첫인상이 아무리 강하다 하더라도 나이도 나이고 체구가 작은 만큼 아이 같은 면이 없지 않아 있었다.

하지만 훌쩍 변해 버린 그의 모습에 두샬라는 자신도 모르게 얼굴을 붉혔다.

"여전히 베일을 하고 있군."

"그림자 속에서 일을 하는 자가 얼굴을 밝히는 건 썩 좋은 일은 아니니까요."

준비된 답변처럼 능숙하게 말했지만 두샬라는 10살도 더 차이가 나는 카릴을 보고 얼굴을 붉혔다는 사실을 감춰줄 베일이 있다는 게 다행이라고 생각했다.

"보고는 안에서 듣도록 하지."

카릴의 뒤를 따라 남부에서 함께 온 사람들이 따랐다.

"허허…… 도대체 무슨 일을 겪으면 사람이 저렇게 변할 수 있는 거지? 나는 오금이 저려서 주저앉을 뻔했다고."

캄마는 자신도 모르게 식은땀을 닦아냈다. 공국에서 도망쳐 나오던 순간도 이렇게 긴장이 되진 않았던 것 같은 기분이었다.

"그러게. 하지만 오늘 모습을 보고 한 가지는 확실히 알겠어."

"그게 뭔데?"

캄마는 두샬라를 바라보며 물었다.

"제대로 한 방 터뜨릴 것 같은 얼굴이라는 거."

그녀는 기대에 찬 얼굴로 카릴의 뒤를 따라 재빨리 달리기 시작했다.

"대륙이 들썩이겠군."

캄마는 그들을 바라보며 나지막하게 중얼거렸다.

"기사를 죽였다."

"……!!"

카릴의 한마디는 집무실 안에 있는 사람들은 경악을 금치 못했다.

교도 용병단과 계약을 하고 아조르에 간 것까지는 타투르의 사람들도 알고 있었다.

하지만 밑도 끝도 없이 서두에 꺼낸 충격적인 말에 그들은 입을 다물지 못했다. 그리고 그것은 남부에서 그를 따라온 베이칸 일행도 마찬가지였다.

“그게 무슨 말씀이십니까?!”

“기사를 살해했다니…… 어디 왕국입니까?”

“다치시진 않으셨습니까?”

수안을 비롯한 두 사람은 카릴이 기사를 죽인 이유에 대해서 물었고.

“나락 바위에서의 일이십니까.”

“어째서 저희를 두고 혼자 행하셨습니까.”

남부인들은 자신들을 두고 혼자서 일을 처리한 카릴에 대한 아쉬움이 있었다.

‘어쩐지…… 그럴 줄 알았어.’

그리고 에이단만은 카릴의 폭탄 발언에도 아무렇지 않은 표정으로 고개를 끄덕였다.

‘하지만 누구 하나 그 결정에 반발을 하는 사람은 없다. 자칫 자신들의 목숨이 위험한 상황이 될지도 모르는데.’

자유도시의 사람들이 어떤 자들인가.

이곳에서 생활했던 에이단은 누구보다도 그들의 성향을 잘 알고 있었다. 관리자라는 이름하에 모여 있던 그들이지만 서로의 영역을 절대로 침범하지 않으며 언제라도 다른 자를 집어삼킬 수 있는 위태로운 관계였다.

'하지만 이제는 모두 그를 바라보고 있다.'

제멋대로였던 그들의 변화가 그저 놀라우면서도 한편으론 그런 생각이 들었다.

'올리번 황자라도 이렇게 할 수 있었을까.'

에이단은 그들을 바라보며 생각했다. 타투르에 오는 동안 그는 가장 먼저 해야 할 일을 이미 머릿속에 정해놨었다.

'주크 디 홀드를 찾아봐야겠군.'

자신이 자리를 비우는 동안 일어났던 대륙의 정세를 가장 먼저 파악하는 것이 중요했다.

"……."

그는 물끄러미 두샬라를 바라봤다.

동방국에서 받았던 지령.

올리번 황자를 돕는 것과 동시에 목표를 살해하는 것. 그 타깃이 바로 앞에 있었지만 이상하게 그의 눈에 두샬라가 들어오지 않았다.

'나도 미쳤지.'

에이단은 가볍게 고개를 저으며 카릴을 바라봤다.

'두샬라가 그를 인정한 이유가 조금은 이해가 되니까 말이야.'

"자세한 사정은 에이단이 설명할 거다."

"네? 제가요? 아, 네넵……."

딴생각을 하고 있다가 자신의 이름이 불리자 에이단은 깜짝 놀라며 말했다.

"아직 시간은 있다. 급습인 만큼 대외적으로 알려진 사항이 아닐 테니. 제국에 보고가 될 때까지는 족히 한 달은 걸릴 거야. 우리는 그 안에 계획된 대비책을 준비한다."

"어디 소속입니까?"

"려기사단. 그리고 국경 수비를 맡고 있는 그들이 빠졌으니 일단 제국은 쉽사리 남부를 칠 수 없을 거야. 최소 청기사단이 돌아온 뒤에야 가능한 일."

카릴은 테이블 위에 놓인 지도를 자신 쪽으로 당기며 말했다.

"하시르, 청기사단의 위치가 어디쯤이지?"

모두의 시선이 두건으로 얼굴을 가리고 있는 하시르에게 꽂혔다.

"아마도 외발 다리 쪽일 가능성이 높습니다. 만약 그가 조심성이 있는 자라서 늑여우의 터가 비어 있는 걸 보고 조사를 한다면…… 그보다 조금 뒤에 있는 쌍둥이 바위일 가능성도 있겠죠."

그는 아무렇지 않게 지도 위에 두 개의 표식을 내려놓으며 말했다.

"어차피 어느 곳이든 기껏해야 일주일 거리입니다. 하지만 중요한 건 저희들의 부재로 인해 청기사단이 바로 돌아올 것인지. 아니면 더 안쪽에 있는 이민족들을 토벌할 것인가가 중요할 겁니다."

카릴은 그의 말에 고개를 끄덕였다.

"확실한 건가?"

"일주일 전, 보고를 받았을 때가 늑여우의 터에 도착했다는 것이었습니다. 제 추측에 불과하지만 크게 틀리지 않을 겁니다."

"그렇군."

그의 말에 사람들은 낮은 탄성을 질렀다.

북부 토벌을 나간 청기사단의 위치를 정확히 알 수 있는 사람은 제국 내에서도 없었기 때문이다.

'대단하군……. 남부에서 북부까지의 소식을 확인하는데 고작 일주일이라……. 오히려 대륙의 통신 마법보다 더 나은 것 같은데.'

물론, 마법이란 편리하지만 완벽한 것은 아니다.

탐색을 위한 마법 중 가장 많이 사용되는 것은 퍼밀리어였다.

하지만 만약 남부에서 북부까지 날아갈 퍼밀리어를 유지하고자 한다면 마법사에겐 엄청난 부담이 아닐 수 없었다.

반대로 수정구를 이용한 통신 마법을 쓰기 위해선 직접 정찰병이 목표 지점에 가 확인을 해야 한다는 문제가 있었다.

'이게 이민족들의 힘인가…….'

하지만 그들은 달랐다.

주술이라고 불리는 특수한 힘은 직접 적으로 눈에 보이는 것이 아니었지만 의외로 많은 것을 할 수 있기 때문이다.

늑여우 부족은 각종 동물을 다룰 수 있었다. 적에게 들킬 염려도 적었고 마력을 소모할 일도 없었다.

카릴은 첩보에 가장 뛰어난 그들의 힘을 추후에 에이단이 설립할 정보 단체인 유성에 이용해도 괜찮을 것 같다는 생각을 했다.

"청기사단의 단장인 크웰 맥거번은 황제의 명이 있기 전까지 기수를 돌리지 않을 것이다. 북부에서 돌아오는데 적어도 3달은 걸리겠지. 하지만 그렇다 하더라도 지금 막 전쟁을 끝내고 돌아온 기사를 다시 쓸 순 없을 터."

카릴은 지도 위에 있던 말 하나를 옮겼다.

"청기사단이 북부 수비로 돌아가고 난 뒤에 남부 경계에 있는 귀족들을 모을 가능성은 있지만 아쉽게도 남부 쪽엔 믿을 만한 자들은 없지."

그의 말에 모두가 고개를 끄덕였다. 제국의 일곱 기사단 중, 남부 수비를 맡고 있는 등(藤)기사단의 베스탈 후작은 안타깝게도 단장의 위치에 있으면서 전투와는 어울리지 않는 사람이었다.

'애초에 그는 기사를 할 그릇이 아니야. 단지 황후의 오빠라는 이유로 그 자리에 앉았을 뿐이니까. 할 줄 아는 건 문을 걸어 잠그고 자신의 안전을 꾀하는 것뿐.'

디곤 일족을 제외하곤 남부 일대에 대한 걱정은 없었다.

"병력이 없는 것이 아니라 지휘관이 없다는 말씀이시군요."

"그렇지. 게다가 지금은 황위를 다투고 있는 황자들 때문에 이미 기사단들도 나누어진 상황이니까. 굳이 움직일 수 있는 자라면……."

지도 위 황궁에 세워져 있는 붉은 말을 잡으며 카릴이 말했다.

“적기사단의 자르반트겠지.”

“그…… 올리번 황자의 옆에 있던 자 말씀이십니까.”

“맞아. 기억하는군.”

피아스타의 감옥에서의 일을 떠올리며 수안은 낮은 웃음을 지었다.

“하지만 이 또한 힘들겠지. 봤듯이 자르반트는 올리번의 편이니까. 황제의 명이라 하더라도 이미 북부 원정을 청기사단이 했어. 이런 와중에 공을 세울 수 있는 남부 토벌까지 올리번의 사람을 쓰게 루온이 놔둘까?”

“그럼 루온 황자 쪽의 병력이 움직일 가능성은 어떨까요?”

“등기사단을 루온 황자가 직접 지휘한다면 가능하겠지. 베스탈 후작은 어쨌든 루온 쪽이니까. 하지만…….”

카릴은 지도 위에 모든 기사단의 말을 황궁으로 집결시켰다.

갑작스러운 그의 행동에 사람들은 모두 그를 주목했다.

“황제는 움직이지 않을 거다. 아니, 못 한다고 봐야지.”

“그게 무슨 말씀이십니까?”

“어째서…….”

의아한 그들을 바라보며 카릴은 잠시 말을 멈추었다. 지금부터는 오직 그만이 알고 있는 사실이었기 때문이다.

이미 미래는 바뀌고 자신이 예측할 수 없는 방향으로 흘러가고 있지만 절대로 바뀌지 않는 일도 있다.

사람의 힘으로 거역할 수 없는 미래. 바로, 수명(壽命)이었다.

'모든 상황을 차치하고서라도 당분간 제국이 움직일 수 없는 이유. 현 황제 타이란 슈테안이 병환이 깊어 살날이 얼마 남지 않았기 때문이다.'

하지만 아무도 모를 것이다. 몇몇의 고위 귀족을 제외하고는 제국 내에서도 비밀로 지켜지고 있는 사안이었으니까.

하지만 그런 귀족들조차 알지 못하는 것은 황제가 언제 죽을지까지는 정확히 알지 못한다. 카릴을 제외하고.

'앞으로 한 달 뒤, 황제는 치료를 위해 교단에 몸을 맡긴다. 부질없는 짓이지만 그 때문에 교단의 힘이 급속도로 커지지.'

황제가 만들어놓은 교단의 터전 때문에 그로 인해 나중에 우든 클라우드의 광신도들이 득세하게 되는 이유기도 했다.

'교단의 문제는 나중으로 차치해도 황제의 부재로 인해서 토벌령은 멈추고 황자들은 그사이에 자신들의 편을 더 만들기 위해 바쁘게 움직인다.'

주어진 시간은 약 반년.

'루온 황자파와 올리번 황자파의 격돌이 발발하는 그 순간이 제국이 가장 혼란스러운 시기이자 약한 때이다.'

그때를 노린다.

"우리는 청기사단의 회군 시기에 맞추어 계획을 실행한다."

"알겠습니다."

"네."

그들은 카릴의 말에 대답했다.

두 황자가 자신의 세력을 넓히듯 그 역시 그들과 맞설 수 있을 병력을 더 모아야 한다고 생각했다.

'내게 부족한 힘…….'

남부와 북부의 이민족들로 인해 수만의 병력을 가지게 되었지만 제국에 비하면 질적으로 부족한 것이 현실이었다.

그 차이는 바로.

'마법.'

마력이 없는 병력으로는 한계가 있다. 그렇기 때문에 아조르에 있는 톰슨에게 마법사들의 육성을 맡겼지만 일개 길드가 할 수 있는 범위는 아무래도 한계가 있을 것이다.

'하지만.'

카릴은 옅은 미소를 지었다.

타투르를 떠나면서 가장 처음 했던 안배. 그리고 이제 이곳으로 다시 돌아오면서 그가 가장 기대하고 있는 부분이기도 했다.

'마법사가 없다면 마법사를 만들면 된다.'

그에게는 제국도 공국도 가지지 못한 유일무이한 무기가 있었으니까.

바로, 카디홈 마광산이다.

탕- 타앙-!!

요란한 곡괭이질 소리가 광산 안에서 울려 퍼졌다.

밤낮을 가리지 않고 수십, 수백의 인부들이 들락날락하는 이곳은 실로 불야성이라 해도 과언이 아니었다.

“이제 10층이다!! 조금만 더 힘내라!! 이번 층만 뚫고 나면 남작님께서 특수 수당에 3일간 휴식도 내리실 거다!!”

광산의 관리자는 뜨거운 열기 속에서 소리쳤다.

“넵--!!”

그의 외침에 인부들이 대답했고 그 소리가 광 안을 울려 요란하게 메아리쳤다.

이 정도의 소란이라면 세간의 이목을 받기 충분했겠지만, 불행 중 다행으로 이렇게 많은 사람이 모인 이 땅은 대륙에서도 가장 버려진 불모지 중 하나였다. 게다가 이미 세간의 관심에서 멀어진 베릴 남작이었으니 아이러니하게도 삼국 중 누구 하나 1년이란 세월이 지나는 동안에도 눈길을 주지 않았다.

“좋아. 아주 좋구나.”

그런 그들을 바라보며 흐뭇하게 미소를 짓는 사람은 다름 아닌 베릴 남작이었다.

처음에는 반신반의했지만 자신의 영토 안에 있는 낡은 광산에서 정말로 속성석이 나오는 걸 보고는 보고서도 믿기 어려웠다.

'뭐…… 땅을 팔아버린 입장에선 어쩔 수 없는 데다 애초에 마광산을 개발하는 비용도 내게 없었으니…….'

베릴은 살짝 입맛을 다셨다.

채광권과 더불어서 땅을 판 대가로 그는 마광산에서 얻게 되는 속성석의 일부를 영구적으로 지원받기로 했다. 사실상 그것만으로도 어마어마한 수익이었다.

"흐음……."

이미 이곳에서 채광된 속성석 덕분에 전성기 때의 마력을 회복한 것도 모자라 조금 더 시간이 지나면 새로운 성취에 도달할 수 있을 것 같았다. 게다가 저급의 속성석들을 자신의 제자에게 나눠주어 지금껏 돌아섰던 그들의 충심까지 얻었으니 그야말로 호박이 넝쿨째 굴러온 격.

'하지만 그래도 아깝단 말이야.'

그러나 사람의 욕심은 끝이 없었고 베릴은 유년 시절 전도유망한 천재였다 하더라도 지금은 그저 욕심이 많은 노마법사의 불과했다. 저 안에 그득 쌓여 있을 속성석들을 바라보고 있자니 군침이 돌지 않을 수 없었다.

'이거…… 어떻게 방법이 없을까나.'

그때였다.

"이거 오랜만입니다, 베릴 남작님."

자신을 찾아올 사람이 없을 텐데 작은 마차 한 대가 멈춰 서며 내려온 남자는 친근하게 그를 향해 인사를 했다.

"오! 이게 누군가. 오랜만일세. 반년만인가? 자네가 보내준 일꾼들이 아주 일을 잘하네."

"하하하…… 별것 아닙니다. 그냥 수중에 있는 몇 사람을 보내 드린 것뿐입니다. 도움이 돼서 다행입니다."

"그래, 캄마. 어쩐 일로 여기까지?"

마차 안에서 내려온 사람은 베릴의 말대로 캄마였다.

연배가 비슷한 두 사람은 탐욕스러운 행실도 비슷해 몇 번 만나지 않았음에도 마치 오랜 친구처럼 죽이 잘 맞았다.

"저희 마스터께서 베릴 남작님을 뵙길 청하셨습니다."

"마스터? 오호…… 드디어 타투르의 주인이 돌아온 겐가. 그렇잖아도 궁금했는데."

캄마의 말에 베릴 남작은 직감했다.

'이건 기회로군.'

그는 항상 궁금했었다. 도대체 어떤 대단한 사람이 무법지라고 불리는 타투르를 평정한 것일까.

그것도 한바탕 전쟁이라도 나지 않는 이상 불가능하다고 생각했던 곳을 소리 소문도 없이 접수했으니 말이다.

'무법항의 큐란을 죽이고 투기장의 챔피언은 쓰러뜨렸다고 하던데……. 얼마나 험상궂게 생긴 자인지 한번 볼까?'

"그럼…… 모시겠습니다."

그의 생각을 아는지 모르는지 캄마는 베릴 남작을 바라보며 묘한 미소를 지었다.

"흐음……."

집무실에 쌓여 있는 보고서들을 읽어보며 그는 생각했다.

'예상했던 것 이상으로 수안 하자르의 수완이 좋아. 무법항도 안정화되었고 마도범선의 수리가 끝났으니 이제 출항만 남았군.'

베릴 남작을 시작으로 이스트리아 삼국에 물밑작업을 하고 있는 두샬라도 훌륭했지만 확실히 전생에 제국 7강이라 불렸던 일곱 인재 중 한 명인 수안은 다른 관리자들보다 단연 돋보였다.

'그가 단순히 힘만 센 자가 아니라는 거지. 상단의 이름으로 올리번의 특작군을 이끌었으니까.'

수안 하자르는 카릴이 자리를 비운 약 1년간 계속해서 무법항을 통해 이민족과 노예들을 구출해 왔었다. 그들 중 대륙인들은 다시 한번 비밀리에 여러 왕국과 마을로 배치하고 이민족들은 노를 젓는 법을 가르쳤다.

마도 범선의 선원들까지 완벽하게 준비되어 있는 상황이 카릴로서는 만족스러울 따름이었다.

'드디어 라바트 길드가 출범할 때가 다가온다. 어수선한 시기야말로 황제의 눈을 피할 수 있는 적기이기도 하니까.'

그의 눈빛이 빛났다.

'그러기 위해서 베릴 남작을 부른 것이기도 하고.'

하지만 그전에 해야 할 일이 있다.

권왕 발본트. 수안 하자르의 강함은 탁월한 재능도 있지만 권왕에게서 물려받은 몇 가지 체술 때문이기도 했다.

'수안 하자르의 권술을 완성시켜야 한다. 라바트 길드가 출범되면 그를 수련시킬 시간이 없으니까.'

카릴은 그 자신도 어느 정도 체술을 쓸 수는 있지만 그의 태세는 완벽하게 검을 위한 것이었다. 그의 생애에서 발본트의 권술보다 더 강력한 것은 보지 못했다.

'권왕은 워낙 자유분방하게 수행을 떠나는 자라 예측할 수 없었지만 지금만큼은 어디에 있을지 짐작할 수 있다. 이제 곧 일어날 '그 사건'에 그가 연루되니까.'

절호의 기회였다. 그리고 절대로 놓치지 말아야 할 기회기도 했다.

'그 사건으로 인해서 권왕은 제자를 두지 않겠다고 다짐하게 되니까. 발본트 8태세가 전승자도 없이 소실되는 건 너무나 안타까운 일이지.'

카릴은 낮은 웃음을 지었다.

'이번엔 다를 거다.'

그는 과연 수안 하자르가 권왕의 권술을 모두 익히게 되면 얼마나 강해질 것인가를 상상했다. 전생의 모습을 아는 카릴로서는 그 상상만으로도 즐겁지 않을 수 없었다.

'앞으로도 해야 할 일이 많다.'

타투르는 다른 의미로써 대륙 중 가장 특이한 곳이라 할 수 있었다. 비단, 이민족이나 노예들만 이곳을 찾는 것은 아니었다.

드워프나 노움과 같이 마도 시대에는 왕성했지만 지금은 사라진 고대 왕국의 생존자들이 암시장이라는 음지 속으로 숨어들어 있으니까.

'개중에는 마도 시대에도 보기 힘든 종족도 몇 있지. 묘족이라든지 아인들은 여기 말고는 찾을 수 없을걸.'

지금 생각해 보면 어째서 그들을 제대로 활용하지 못했을까 하는 아쉬움이 남는다.

드워프와 노움의 손재주와 묘족의 민첩함, 그리고 아인족의 괴물 같은 힘까지.

'개개인의 능력으로 따진다면 인간보다 훌륭하다. 하지만 결국 이들은 암시장의 어둠 속에서 벗어나지 못했지.'

이유는 간단했다. 인간이 아니기 때문이다.

'같은 인간조차 마력이 없다는 것으로 이단이라고 칭하는 그들이 이종족들의 손을 빌릴 리가 없지.'

우스웠다. 고대 유물이라고 불리며 황가의 보물로 칭해지는 무구들의 대부분이 드워프와 엘프의 손에 만들어진 것들이었는데 말이다.

카릴은 이번 생에 그들을 방치하지 않을 것이다.

'칼립손이 노움국의 생존자들을 데리고 돌아오게 된다면

큰 전력이 되겠지.'

그는 책상에 놓인 상자 하나를 손가락으로 가볍게 툭툭 두들겼다. 암시장에서 그에게서 뜯어낸 네 개의 송곳니는 어느새 조금씩 카릴의 마력을 흡수해 마치 피를 머금고 있는 것처럼 붉게 변해 있었다.

상자는 다름 아닌 칼립손이 떠나기 전 그에게 남긴 것이었다. 단단하게 잠긴 상자에는 노움국의 인장이 박혀 있었다.

탈칵-

상자가 열리는 순간, 카릴의 눈썹이 살짝 씰룩였다. 안에 들어 있는 것은 얇은 사슬로 되어 있는 평범한 갑옷이었다.

겉에 입을 수도 있고 중갑 안에 보조로 입을 수도 있는 체인 메일은 어디서든 흔하게 볼 수 있는 물건이었다.

"이걸 여기서 보다니……. 칼립손이 이것까지 가지고 있었던 건가."

하지만 그의 눈빛은 단순한 갑옷을 보는 눈빛이 아니었다.

'생각지도 못한 좋은 걸 얻었군. 마침 방어구를 구하려고 했던 차였는데 말이야.'

회색교장에서 얼음 발톱을 얻었지만 카릴은 지금까지 이렇다 할 방어구를 착용하진 않았다.

굳이 그럴 필요가 없었으니까.

카릴은 지금껏 공격의 대부분을 검으로 흘려 버렸었다.

'하지만 앞으로 만나게 될 자들은 다르다.'

특히, 백금룡 나르 디 마우그.

전생과 다른 조우에 있어서 드래곤인 그와 무슨 일이 있을지 모르는 지금 맨몸으로 찾아가는 것은 자살 행위와도 같은 것이었으니까.

촤르륵-

카릴은 상자 안에 있는 체인 메일을 꺼내어보며 생각했다.

'엘븐 메일(Elven Male). 이제는 소실된 세계수의 가지를 녹여 만든 갑옷. 엘프의 작품이라고 생각했는데 이것까지 칼립손이 만든 거였나.'

가능성이 없는 건 아니었다. 엘븐이란 명칭은 결국 세계수 때문에 붙여진 이름이었고 두꺼운 플레이트 메일을 주로 만드는 드워프들과 달리 노움의 작품들은 대부분 경갑옷이었으니까.

'나쁘지 않아. 세계수의 가지는 일반적인 방어력의 가치를 가지는 게 아니니까.'

월등한 마법 방어력.

'앞으로 만나게 될 적들의 대부분은 마법을 쓴다. 단 한 번의 공격을 막을 수만 있어도 승부의 결말이 달라지니까.'

카릴은 칼립손이 남긴 선물이 마음에 드는 듯 옅은 미소를 지었다.

'아직까진 조용하지만 이제 곧 마광산에 대한 것이 알려지겠지.'

카릴은 옷매무시를 가다듬고는 자리에 앉았다.

베릴 남작에게 수여된 영토였기에 규율상으로는 그가 땅을 팔든 광산을 팔든 상관할 일은 아니었다. 하지만 어느 곳이든 규율의 위에 있는 것이 왕의 입김이지 않던가.

'주인이 누가 되었든 상관없이 이스트리아 삼국은 전생에서 그랬듯 결국 마광산을 두고 싸우겠지.'

카릴은 눈빛을 빛냈다.

'나는 삼국을 살릴 것이다.'

단순히 아무런 이유 없이 그들을 제국으로부터 지키기 위함이 아니다.

제국과 공국에 비한다면 삼국의 크기는 세 왕국을 모두 합친다 하더라도 힘을 발휘하기엔 무리가 있을 정도로 작다. 그러나 위치가 중요했다. 타투르를 중심으로 이스트리아 삼국이 아래쪽에 있기 때문이었다.

'제국으로부터 남부를 지킬 수 있는 방파제 역할을 할 수 있으니까.'

그러기 위해서 필요한 것이 바로 베릴 남작이었다.

'베릴 남작은 욕심이 많은 사람이다. 그는 언제든 날 배신할 수 있는 사람이지. 하지만 반대로 만족만 시켜준다면 자신이 속한 왕국도 배신할 사람이라는 거.'

세상의 모든 사람이 정의로울 순 없다. 하지만 정의롭지 않더라도 효용 가치가 있을 순 있다. 그게 바로 베릴 남작이었기에 카릴은 그의 땅과 채광권을 사들인 이후, 두샬라를 통해 계속해서 그에게 성의 표시를 하도록 시켰다. 그 덕분에 손쉽게 마법 경연에도 참가할 수 있었던 것이었다.

'사실 추천장 정도는 이제부터 그에게서 얻어낼 것을 생각하면 아무것도 아니지.'

카릴은 낮게 웃음 지었다.

'아마 그 노인네도 똑같이 생각하겠지. 아무짝에도 쓸모없던 땅이 팔고 나니 황금알을 낳는 거위일 줄 몰랐을 테니까. 배가 많이 아플 거야.'

전생에서도 베릴 남작 같은 자를 카릴은 숱하게 봐왔었다.

'내게서 뜯어낼 수 있는 게 뭐가 있을지. 더 나아가 내가 가진 것을 뺏을 수 있는지 머리를 굴리겠지.'

하지만 상관없다. 그런 자일수록 일 처리는 확실하니까.

똑- 똑- 똑-

그때였다. 문밖에서 병사의 목소리가 들렸다.

"베릴 남작이 도착했습니다."

카릴은 생각의 정리가 끝난 듯 천천히 고개를 끄덕였다. 계획은 세워졌다. 이제는 확인을 해야 할 때였다.

'어디 남작의 그릇을 시험해 볼까.'

그는 낮은 목소리로 말했다.

"들라 하라."

"이제야 마스터를 뵙는군요. 허허…… 이렇게 어린…… 아니, 젊은 분일 줄 몰랐습니다."

베릴은 카릴의 첫 모습이 자신이 상상했던 것과 달라 잠시 머뭇거리며 말했다.

'뭐야. 완전 꼬마잖아? 이런 자가 타투르의 새 주인이라고?'

상상했던 첫 만남이 아니었다.

하지만 베릴은 속으로 쾌재를 부르고 있었다.

'너보다 몇 배는 더 오래 살아온 나를 상대로 거래를 해보겠다? 마광산 건이야 내가 몰랐다 쳐도 이제는 안 될 거다.'

그는 카릴을 위에서 아래로 훑으면서 탐욕스러운 눈빛을 감추지 못했다.

"제가 상단을 하나 꾸리려고 합니다."

돌을 먼저 던진 건 카릴이었다.

"오호라, 드디어 속성석 장사를 시작하시려는 겁니까. 그것 좋지요. 아마 마법사들 사이에서 아주 비싸게 팔릴 겁니다."

베릴은 기다렸다는 듯 말했다.

"특히 삼국 중에서도 마법사가 많은 이스탄 왕국에서 더 인기가 좋을 겁니다."

그는 자신을 파문시켰던 왕국의 마법사들을 떠올리며 비릿한 웃음을 지었다.

고작 생각하는 것이 복수였다.

"그렇겠군요."

좁은 시야를 가지고 산 자는 나이를 먹어도 결국 자신의 시야를 넓히지 못한다.

"상단이란 자고로 인맥이지요. 이제 알겠군요. 절 따로 부른 이유를."

그의 눈빛이 이미 대가를 바라고 빛나고 있었다.

"사실 연줄이란 걸 얻는 게 쉬운 일은 아닙니다. 크흠…… 전 직접 움직이는 걸 꺼리지만 카릴 님이라면 고려를……."

그는 헛기침을 하며 말했다.

모름지기 귀족이란 콧대가 높은 족속들이다. 그 모습이 꼴보기 싫다는 것엔 카릴도 동의하는 바이지만 그 자존심마저 팔아버린 귀족은 더욱 보기 싫었다.

'마법사란 자고로 탐욕스럽지만 그것이 물욕과 색욕은 아니다. 베릴, 속성석을 흡수해서 네 마력은 올라갔지만 그릇은 여전하구나.'

카릴은 그의 모습에 쓴웃음을 지었다.

반면에 베릴은 이 만남을 절호의 기회라고 생각했다.

'삼국과의 모든 거래를 나를 통해서 하게 만드는 거야. 마광산의 채광권을 빼앗는 건 힘들겠지만 그 사이에서 이윤을 챙길 수 있을 터. 크크크, 지금의 배는 될 속성석이 내게 들어오겠구나.'

카릴은 그런 그의 생각을 모르는 척 아무런 내색도 하지 않고 말했다.

“물론입니다. 어째 대마법사이신 베릴 님께서 직접 움직이시는 데 소홀하겠습니까. 그 대신…… 소개를 부탁드릴 사람이 있습니다.”

“그게 누굽니까?”

지금껏 그를 놔두었던 이유. 바로, 이것 때문이었기 때문이다.

카릴은 책장 위에 양피지 하나를 꺼내놓았다. 그 안에는 삼국에 인사들 몇 명의 이름이 적혀 있었다.

“으흠.”

베릴은 그 안에 적힌 이름들을 보며 별것 아니라는 듯 고개를 끄덕였다.

“이들 중 절반 이상은 제게 마법을 배웠던 자들입니다. 만남을 주선하는데 어렵지 않을 겁니다. 허허허, 카릴 님은 정말 운이 좋으십니다. 삼국에서 저를 만났으니 말입니다.”

“덕분입니다.”

카릴은 베릴을 바라보며 옅은 웃음을 띠었다.

‘그래. 대부분 당신 제자들이야. 일부러 그들로 뽑은 거거든. 그래야 당신이 신이 나서 이리저리 날뛰어 줄 테니까.’

카릴은 이미 거래를 성사시킨 것처럼 신나게 자신과 그들의 관계를 떠들기 시작하는 베릴의 말을 뒤로한 채 창밖을 바라봤다.

‘상단은 그저 핑계에 불과하거든.’

실제로 그의 목적은 따로 있었다. 아조르에서 얻은 또 하나의 수확. 바로, 우든 클라우드(Wooden Cloud).

'그 줄기 중 하나가 삼국에 있거든. 바로 당신에게 건넨 양피지 속에.'

담담한 표정으로 카릴은 베릴을 바라보며 아무렇지 않게 찻잔을 들었다.

"원하시는 것이 있다면 말씀해 주십시오. 필요한 지원을 아끼지 않겠습니다."

"하하하, 역시 타투르의 주인답게 통이 크시군요. 좋습니다. 제가 확실하게 자리를 마련해 보지요."

베릴은 즐거운 듯 웃으며 말했다.

'그래, 마음껏 움직여 봐. 녀석들의 눈에 들도록 말이야. 남작, 당신이 우리 대신 타깃이 되어줘야겠어.'

카릴의 입가에 베릴과는 다른 의미로 옅은 미소가 번졌다.

'그것이 내가 이스트리아 삼국에 진출할 계기가 되어줄 테니까.'

입가의 미소와 달리 남작을 바라보는 카릴의 눈빛은 날카로웠다.

'그리하여 삼국을 내 손 안에 거머쥐겠다.'

파앗! 파아앙!! 콰그긍--!!

1년 가까이 사용되지 않은 타투르의 투기장에서 오랜만에 파공음이 들렸다. 새파란 한기를 머금은 검날이 어둠 속에서 베어질 때마다 새하얀 호를 그렸다.

"흡……!!"

내지른 검의 궤도가 순식간에 바뀌었다. 공중으로 던진 검이 하늘 위에서 빙그르르 회전하는 순간, 손바닥을 합장하듯 펼쳐져 있는 힘껏 부딪혔다.

파아앙……!!

조금 전 검격의 소리보다 더 강렬한 폭음이 손바닥 사이에서 터져 나왔다.

그 순간, 카릴의 몸이 충격에 휘청거렸다.

"큭!!"

고통과 함께 그의 주위로 고리와 같은 수십 개의 파장이 발 아래에서 지면을 타고 물결처럼 밀려났다.

지직……! 지지지직……!!

파장의 고리 끝에서 전격이 번뜩였다. 고리 위로 솟아오르는 구체들이 일제히 나선으로 회전을 하다가 카릴을 향해 쏟아졌고, 떨어진 얼음 발톱을 쥔 카릴의 검이 보이지 않는 속도로 움직였다.

파바방-!! 팡! 팡!

맹렬함을 품고 있지만 정교함을 머금고 있는 검술.

단 한 호흡으로 이어지는 검격이 전방위로 자신을 공격하려던 전격들을 모두 쳐내 버린 것이다.

"후……."

바닥에 검을 찍어 누르며 카릴은 참았던 숨을 드디어 토해냈다.

'마법이란 가면 갈수록 익히기 어렵구나.'

그는 얼얼한 손바닥을 펼쳐 보며 씁쓸한 표정을 지었다. 보통 사람들이 본다면 마법을 훈련하는데 어째서 검을 휘두르는지 의아해할 것이다.

카릴은 일반적인 마법사와는 그 수련법이 반대가 되어야 했다. 마력을 쌓는 것이 아닌 쌓인 마력혈의 마력을 밖으로 배출해야 하는 것.

그로 인해 그가 가장 먼저 해야 할 것은 이제 막 뚫린 2개의 새 혈맥에 마력을 순환시키는 일이었다.

'이런 식으로 쓸 수 있는 마력량을 늘리는 건 알른의 사고가 아니면 불가능한 거겠지.'

급격한 육체 운동으로 활동량을 늘려 혈류의 흐름을 빠르게 하여 그 안에 마력을 스며들게 한다. 마력의 한계가 있는 마법사들은 금방 고갈이 되어버릴 테니 자살 행위와도 같은 일이었다.

오로지 카릴을 위한 훈련법. 알른 자비우스가 사라지기 전 그에게 남긴 마지막 안배와 같은 것이었다.

'당신은 언제부터 그런 마음을 먹고 있었지? 정말 알다가도 모를 사람이야. 설마 이것조차 당신이 생각하는 나르 디 마우그를 만나기 위한 안배인가.'

카릴은 지금이라도 그의 목소리가 들릴 것 같은 기분에 쓴웃음을 지었다.

'확실히 알른 자비우스의 비전술은 대단해. 실제로 그가 창안한 마법들이 내 머릿속에 있지만 모두 쓸 수 없을 정도니까.'

카릴이 창안한 극의검술과 칼네레의 무색기검, 그리고 알른 자비우스의 비전술까지. 모두가 세기의 기술들이라 할 수 있었다.

하지만 그렇기 때문에 고민도 있었다.

'조언자가 아쉽군.'

인정하고 싶진 않지만 카릴은 자신이 지식이 있지만 지혜가 없다는 것을 알고 있다. 머리로 알고 있다 하더라도 그것을 성공시키는 것은 쉬운 일이 아니었다.

'조금 전에도 비전력을 응축시키는 데 실수가 있었으니까. 방법이 훈련뿐이라는 건 알지만…….'

카릴은 얼얼한 손을 털어내며 생각했다.

'미하일의 재능은 뛰어나지만 아직은 초심자다. 만약 이런 상태에서 한두 해가 지난 뒤에 만났더라면 도움이 되겠지만…….'

그는 자신의 기억 속의 위대한 마법사들을 떠올렸다.

가장 처음 머릿속에 떠오르는 사람은 단연 슈프림, 세리카 로렌이었다.

'새삼 세리카 로렌의 대단함을 느끼는군. 주점의 부엌데기였던 그녀는 스승도 없이 스스로 마력을 깨우쳤으니까.'

어쩌면 제대로 된 스승이 없었기 때문에 틀에 박히지 않고 슈프림이란 새로운 마법사의 장을 열었을 수도 있다.

'그다음은 역시 세르가겠지.'

제국 7강. 카릴의 기억 속에 가장 위대한 부흥기를 이끌었던 일곱 중 한 명.

하지만 카릴은 고개를 저었다.

카이에 에시르의 재림이라고까지 불렸던 위대한 마법사인 것은 확실하지만 그와 인연이 생기긴 힘들 것 같았다.

세리카 로렌이 천재라면 세르가는 만들어진 영재였다. 이미 궁정마법사인 카딘 루에르가 설립한 제국의 마법 아카데미 소속으로 그의 가르침을 받고 있을 것이다.

"세상에 천재들이 참 많아."

티렌 맥거번, 세리카 로렌, 미하일, 세르가…….

카릴은 검을 잡으면서 중얼거렸다.

"지금 내 머리로 생각할 수 있는 해답은 결국 검뿐이군."

우습게도 그 수많은 천재처럼 그 역시 검의 천재라는 것을 카릴은 잊은 듯 말했다.

'비전력을 검에 담는 것.'

지금까지 카릴이 사용했던 마나 블레이드는 마력 그 자체를 담은 오러 블레이드였다.

하지만 비전력은 그런 마력의 질을 한 단계 더 올릴 수 있게 해주었다.

'이제 준비도 어느 정도 끝났다. 진실을 알기 위해선 힘이 필요한 법.'

대륙을 통합하는 것만큼 그에게 있어서 중요한 것은 백금룡의 레어를 공략하는 것이다.

'그러기 위해서 이것부터 완성해야겠지.'

카릴은 낮은 숨을 토해내며 보랏빛이 감도는 검기를 바라보며 생각했다.

'아케인 블레이드(Arcane Blade).'

생각이 마무리되어 갈 때쯤, 저 멀리 투기장의 문 앞에 수안이 황급히 달려오고 있었다.

"마스터!"

투기장 안으로 들어온 그는 두부가 잘리듯 여기저기 베어진 바닥을 보며 잠시 놀란 표정을 지었지만 이내 곧 품 안에 있던 쪽지를 그에게 건넸다.

"베릴 남작의 전갈입니다."

카릴은 쪽지의 내용을 살폈다.

"으음."

그리고는 만족스러운 듯 옅은 미소를 띠우며 천천히 고개를 끄덕였다.

[연회가 준비되었습니다.]

짧은 한 문장에 불과했지만 카릴의 머릿속엔 이미 숱한 가능성과 계획이 잡혔다.

'생각했던 것보다 일 처리가 빠른데. 욕심이 많은 만큼 일 처리는 확실하군. 나로서는 좋은 일이지만 말이야.'

그가 타투르로 돌아온 지 이제 한 달이 지났다.

'확실히 썩어도 준치군. 퇴물로 치부 받아도 이 정도 인맥을 가지고 있으니 말이야. 과연 그가 어떻게 사람들을 구워삶았을지 궁금한데.'

자신만만하게 말했던 베릴의 모습이 스치듯 떠올랐다. 그러고는 곧 그 얼굴이 구겨질 것을 생각하며 카릴은 옅은 웃음을 지었다.

'움직일 때가 왔다.'

화르르륵……!!

그의 손에 들린 쪽지가 순식간에 불타며 사라졌다. 그러고는 낮은 미소와 함께 수안의 어깨를 가볍게 치면서 말했다.

"가자."

"오랜만이야."

"개뿔. 실없는 소리 할 거면 사라져."

"……성깔은 여전하고."

포나인의 요란한 강물 소리 때문에 집중하지 않으면 두 사람의 대화를 들리지 않았다. 아니, 애초에 이런 강물 아래로 사람이 올 일도 없었기에 에이단은 마음 편하게 그녀의 이름을 불렀다.

"주크."

눈앞에 있는 작은 소녀.

여동생이라고 소개했지만 실상은 자신보다 나이가 많은 동방국의 선배이기도 했다.

"내 이름 함부로 입에 담지 마. 그 녀석을 따라 남부까지 내려갔다가 오더니 암연의 규칙까지 모두 잊어버렸어? 다시 생각나게 해줄까?"

외모는 기껏해야 10대로 보였지만 표독스럽게 말하는 그녀의 말투는 성인도 따라 하기 힘든 것이었다.

"어디까지 보고를 했지?"

"내가 왜 너에게 얘기해야 하지? 네가 제국인에게 꼬리를 흔드는 개가 되었다는 걸 얘기했는지 물어보는 건가?"

"……."

에이단은 비수 같은 주크의 말에 쓴웃음을 지었다.

"행동을 똑바로 해. 우린 명령을 완수하지 못했어. 주인님께

선 분명 2황자가 황제에 추대될 수 있도록 도우라고 했어."

"알고 있어."

"그와 동시에 목표물의 제거까지."

"그래."

"네가 뭐 하나 이룬 게 있나?"

주크는 창백한 얼굴로 그에게 말했다.

"이대로면 우리가 죽을지도 몰라. 주인님은 쓸모없는 가지는 쳐내시는 분이니까."

그녀는 더 이상 에이단을 볼 필요 없다는 표정으로 고개를 돌렸다.

"아조르의 마법 경연에서 우승자인 카릴과 동명이인이 아니라 같은 사람이지? 검술뿐만 아니라 마법까지……. 솔직히 믿기 어려운 게 사실이야."

그녀는 발걸음을 잠시 멈추었다.

"카릴이란 자를 주시할 필요가 있다. 현재 타투르의 주인이자 마법사급의 마력을 가지고 있을 것으로 추정. 내가 올린 보고야."

"……."

"현재는 빠른 속도로 이민족을 흡수 중, 현재 왕국급의 병력과 전투력을 보유했을 가능성이 농후, 그리고 이게 지금 돌아가면 추가로 올릴 보고였다."

주크는 목소리에 힘을 주었다.

"그런데 꼴을 보니 하나 더 추가해야겠어. 그 핵심 멤버 중에 에이단 하밀이 있음이라고 말이야."

"주크!"

"함부로 이름 부르지 말라고 했지. 명령을 받고 움직이는 게 우리뿐이라고 생각해? 타투르 내에서도 또 누가 있을지 몰라."

그 순간.

"이미 넌 배신자로 낙인 찍혔을지도 모른다고!!"

주크 디 홀드의 목소리가 커졌다. 냉정함을 유지하려고 했던 그녀가 결국 폭발하고 만 것이다.

"그는 크게 될 사람이야."

"미친……."

에이단의 대답에 기가 차다는 표정으로 주크는 말했다.

"진짜 암연을 적으로 돌리겠다는 말이네? 타투르 안엔 동방국의 배신자들만 있나 보군. 부디 지령이 내려지지 않기만을 바라. 명령이 내려오자마자 내가 네 목을 베어버릴 테니까."

"네 말이 맞다."

"……!!"

그때, 대답은 생각지도 못한 곳에서 들렸다.

"에이단, 베릴에게서 연락이 왔다. 모두 모였는데 너만 오지 않아서 찾고 있다고."

갑작스럽게 들리는 목소리에 주크는 황급히 고개를 돌렸다.

"품 안에 넣은 손은 도로 빼는 게 좋을 거야."

그러나 목소리는 다시금 뒤에서 들렸다.

옷 안에 단검의 손잡이를 쥐고 있는 손등을 꾹 누르는 손가락. 기척도 느끼지 못했는데 자신이 몸을 돌리는 순간 목소리의 주인은 더 빠르게 뒤로 숨은 것이다.

'젠장…….'

주크의 얼굴이 구겨졌다. 속삭이듯 들리는 목소리는 너무나도 귀에 익은 목소리였기 때문이다.

"남매끼리의 싸움치고는 격하네. 목을 베고 말고까지 갈 필욘 없잖아"

에이단은 주크를 감싸고 있는 그를 바라보며 난색을 표했다.

"카…… 카릴 님."

투기장에 있을 그가 이곳에 나타나자 놀라지 않을 수 없었다.

"운이 좋은 건지 나쁜 건지 모르겠지만 보고를 받고 돌아가는 길에 목소리가 들려서 말이야. 수안은 먼저 돌려보냈으니 안심해."

'……목소리가 들렸다고? 그게 가능한 일이야?'

마을에서 한참 떨어진 곳이다.

'주시하고 계셨군…….'

주크는 카릴의 말에 어이가 없다는 듯 생각했지만 에이단은 그다지 놀라지 않았다.

"뭘 어떻게 할 생각은 없어. 처음부터 너희가 암연 출신이라는 건 알고 있었으니까."

"……."

카릴은 품에 안고 있던 그녀를 놓아주며 말했다.

"주크, 네 말대로 너희 말고도 타투르엔 암연에서 뿌린 사람들은 있을 거다. 하지만 그건 반대로 타투르만이 아니라는 뜻도 되지."

"무슨 말을 하고 싶은 거지?"

카릴의 말에 그녀는 인상을 찡그렸다.

"자, 그럼 조금 더 생각해 볼까? 타투르에 너희 말고 또 그림자들이 있다면 2황자 쪽에는 더 있을 가능성이 높겠지? 그렇다면…… 꼭 2황자에게만 그림자가 붙었을까?"

그는 차가운 미소를 지었다.

"1황자 쪽에도 있을 가능성이 농후하지. 너희들의 주인은 제국의 황제가 누가 되느냐를 중요하게 여기지 않을걸. 그저 동방국과 연관이 되어 있는 자를 황제로 만들면 될 테니."

예상하지 못한 그의 말에 주크는 표정을 감추지 못했다.

"그렇다면 다른 사람이라도 동방국과 타산이 맞는 자가 권좌에 오르는 것이라면 네 주인도 상관없지 않을까."

"너……."

"그냥 이 말을 하려고 온 거야. 언제 배를 보내지. 그때 네가 동방국과의 만남을 주선해 주면 좋겠는데."

"미친. 지금 보고를 올리면 당장에라도 제국에 반(反)하는 너희들을 막으라는 지령이 내려올걸."

아무렇지 않게 대륙의 정점이 되겠다고 선언하는 그의 모습에 주크는 어이가 없다는 듯 바라봤다.

"안 그래. 네 주인은."

그녀조차 한 번도 본 적이 없는 동방국의 주인을 마치 잘 아는 것처럼 말했다.

"녀석은 고작 네게 날 죽이라고 명할 정도로 바보는 아니거든."

"……뭐?"

"보고를 하던 주선을 하든 상관없지만. 에이단에게 함부로 검을 뽑을 생각은 마라."

카릴은 입꼬리를 올렸다. 미소와는 반대로 눈빛은 차가웠다.

"죽는다."

꿀꺽-

주크 디 홀드는 자신도 모르게 식은땀이 주르륵 등을 타고 흐르는 걸 느꼈다. 도망을 치려고 발을 움직였지만 굳어버린 몸은 그마저도 할 수 없었다.

"……."

카릴이 살기를 풀자 그제야 그녀는 흥건하게 맺힌 땀으로 축축해진 저릿저릿한 손에 주먹을 쥐었다.

"뭐, 내가 할 말은 여기까지. 에이단, 이스탄 왕국으로 갈 준비를 해라. 앞으로 바빠질 거야. 대화는 적당히 마무리해."

그는 대충 손을 저으며 아무렇지 않은 듯 발걸음을 돌렸다. 그 모습에 에이단은 피식 웃고 말았다.

"뭐, 저런 사람이지. 주크, 조금 더 지켜보는 건 어때? 어쩌면 네 마음도 바뀔지 몰라. 우리가 암연에 들어왔을 때…….”

“……닥쳐.”

그녀는 에이단의 말을 잘랐다.

뭔가를 얘기하려던 그는 아쉬운 듯 어깨를 들썩였다. 그러고는 카릴의 뒤를 쫓으며 달렸다.

“같이 가시죠!!”

“대화는?”

에이단은 어쩐지 홀가분한 표정으로 그에게 말했다.

“다했습니다. 이제 이스탄 왕국에 가서선 뭘 하실 겁니까?”

“뭐 하긴. 알잖아?”

카릴은 아무렇지 않게 말했다.

“손안에 넣어야지. 모두.”

그 순간, 여전히 아무렇지 않은 담담한 표정의 그를 바라보며 주크는 자신도 모르게 몸을 부르르 떨었다.

▶Chapter 5◀

“연회는 어떠셨습니까.”

“훌륭했습니다. 남작님 덕분에 귀한 시간을 가질 수 있었습니다.”

“하하하, 별말씀을. 카릴 님이라면 언제든 제가 자리를 마련해야지요.”

자랑스럽게 말하는 베릴과 달리 이스탄 왕국에 들어왔을 때 화려한 연회가 준비된 것에도 카릴은 이미 예상을 한 듯 보였다.

마법 연구회라는 명목하에 베릴은 자신의 제자들과 더불어 왕국에 닿은 연줄들을 모두 초대했다. 그중에는 응하지 않은 자들도 더러 있었지만 카릴이 그에게 건네줬던 명단의 대부분이 와 있었다.

퇴물로 취급받던 그가 의외로 영향력이 있었던 것일까?

연회에 참가한 귀족들마저도 의외의 사람들이 같은 자리에 있다는 생각에 스스로도 놀란 표정이었다.

'초대장 안에 속성석을 동봉한 게 효과가 있었군. 특별히 그쪽에게만 보낸다는 문구가 알아서 비밀을 유지해 주니 편하고.'

카릴은 테라스에 나와 바람을 쐬면서 베릴에게 말했다.

"오늘 모임에 대한 건 곧 국왕께도 보고될 것입니다. 그렇게 되면 다른 왕국들까지 소문이 쫙 퍼지겠지요."

베릴은 흐뭇한 표정을 지으면서 말했다.

"이제 삼국 모두가 카릴 님을 뵙기 위해 안달이 날 겁니다. 대륙에 이름이 쫙 퍼지겠지요."

그는 그렇게 말하면서 은근슬쩍 자신도 그 이름 아래 있기를 기대했다.

"제대로 된 거래는 아마 내일이어야겠지요. 예상보다 과음을 하게 된 것 같아서…… 나머지는 남작께 맡겨도 괜찮겠습니까?"

귀찮으니 비켜달라는 말을 돌려서 말한 것이지만 베릴에겐 그저 듣기 좋은 말이 아닐 수 없었다.

"하하하, 걱정 마십시오. 제가 연회 끝까지 남아 저들 중에 쓸 만한 자들을 추슬러서 내일 카릴 님께 따로 보내겠습니다."

"거듭 감사드립니다."

"이스탄 왕국뿐만 아니라 삼국의 나머지 두 왕국까지 걱정 마십시오. 제가 또…… 그쪽과도 심심치 않은 연관이 있어서 말입니다."

베릴 남작은 그렇게 말하면서 새끼손가락을 펼쳐 보였다.

'아직도 그녀들과 연락이 되는 건가. 어떤 면에선 대단한 노인네야. 이 꼴이 되었는데도 여태껏 정신 못 차리니 말이야. 아닌가? 반대로 대단한 건가. 여태 연락을 하고 있는 것이.'

그런 그를 보며 카릴은 낮게 웃었다.

"믿고 있습니다."

베릴은 오늘의 결과에 든든한 듯 어깨를 쫙 펴고서 연회장 안으로 들어갔다.

시시한 시간. 이런 곳에 있는 것보다 검을 한 번 더 휘두르는 것이 백번 더 나아 보이지만 카릴이 이곳에 온 이유는 단순히 귀족들과의 친분을 쌓기 위함이 아니었다.

연회장 안에는 베일로 얼굴을 가린 두샬라가 연신 그들과 이야기를 하고 있었다.

'속성석 장사는 어차피 그녀에게 맡기기로 했으니까 딱히 내가 할 것도 없다. 그건 그렇고 음지에만 있었지만 양지도 잘 어울리는군.'

베릴 남작만큼은 아니지만 그녀 역시 삼국의 귀족들과 연이 있었기에 이미 많은 계약을 이곳에서 성사시키고 있었다.

"하하하, 아름다우십니다."

"감춰진 미모가 궁금하군요. 언제 시간이 되신다면 다음에

저와…….”

“암시장에 대한 얘기는 많이 들었습니다. 언제 초대를 해주실 수 있으십니까?”

두샬라를 둘러싼 젊은 귀족들은 검은 드레스로도 감출 수 없는 그녀의 풍만한 몸매에 감탄을 금치 못하며 말을 걸었다.

카릴은 그 모습을 보며 피식 웃었다.

‘눈 깜빡 안 하고 여기 있는 사람들을 몰살시킬 수 있는 능력을 가진 여자라는 걸 알아도 저렇게 히죽히죽 웃을 수 있을지 궁금하네.’

애초에 속성석 장사는 삼국을 편하게 움직이기 위한 핑계에 불과했다.

카릴은 연회장 안에 있는 사람들을 쓱 훑어봤다.

그의 진짜 목적. 우든 클라우드의 끄나풀.

‘보이는 자들 중에는 딱히 의심스러운 인물은 없어. 제국 전쟁이 시작되기 전에 우든 클라우드와 관련된 자가 누구인지 찾아낼 수 있으면 좋을 텐데.’

쉽진 않았다. 아조르에서 울카스 길드의 마스터이자 우든 클라우드의 일원이었던 바르고 시라. 그가 죽기 전에 토해냈던 정보는 하나에 불과했기 때문이다.

‘레디오스와 더글라스에게 연락을 전하는 줄기가 이스트리아 삼국에 있다.’

카릴은 자신의 기억 속에서 의심스러운 자들을 모두 베릴의 명단에 넣었다.

'비록 제국에 의해 멸망했지만 이곳에서 쓸 만한 자들은 분명 있다.'

쓸 만하다는 것은 능력이 있다는 것.

우든 클라우드와의 결탁은 곧 왕가에 대한 배신이라고 할 수 있지만 그 능력을 어떻게 쓰느냐에 있어서 모두가 정도를 걷는 것은 아니다.

'제국과 삼국의 전쟁에서 살아남은 생존자들이 우든 클라우드의 끄나풀일 가능성이 높다.'

그때까지만 하더라도 여전히 공국은 위세를 가지고 있었으니 쉽게 자신들의 수족을 죽일 리가 없다.

'누굴까. 과연.'

그때, 테라스에 몸을 기대고 있던 카릴은 아래에 지나는 한 무리에 시선이 꽂혔다.

그의 눈동자가 가볍게 흔들렸다.

'허…… 베릴 남작의 말이 맞을 때도 있군.'

카릴은 눈앞의 사내를 바라보며 나지막하게 웃었다.

'제 발로 오다니, 찾을 수고를 덜었군. 내가 왜 이 생각을 하지 못했지?'

아니, 할 수 없었던 것이다. 이 시기에 카릴은 크웰의 영지에서 벗어나지 않았었으니까. 제국의 사건도 제대로 알지 못하는 그가 저 멀리 삼국의 일까지 알 리가 없었다.

'이자가 이곳에 있었구나.'

루레인 공국과 교단의 관계는 카릴도 알고 있었다. 바르고시라를 심문했을 때에도 교단과의 거래 내역을 통해서 루레인가의 인원을 찾아내려 했었으니까.

'처음에 바르고가 이스탄 왕국을 얘기했을 땐 좀 의아했는데…… 틀린 말이 아니었군.'

카릴은 그를 바라보며 생각했다.

'일이 쉽게 풀릴지도 모르겠는데.'

흐릿하게만 보였던 우든 클라우드의 실세가 조금은 손에 잡힐 것 같은 기분이었다.

"돌아간다."

"네? 하지만 아직 회군 명령이……."

늑여우 부족의 터에 온 지 열흘 남짓이 지났을 때였다.

크웰 맥거번은 고심 끝에 내린 결정을 부관에게 말했다.

"북부 이민족들은 절대로 자신의 거점을 버리지 않는다."

"하지만 기껏해야 미개한 이민족들입니다. 아직 절반가량의 이민족들이 살아 있습니다."

부관의 말에 크웰은 고개를 저었다.

"이미 근 1년간의 북부행이었네. 병사들도 지쳐 있고 잠시 돌아가는 것이 나아."

크웰은 덥수룩하게 자란 수염을 쓸면서 말했다.

상관의 명령은 절대적인 것. 특히 그 말이 크웰 맥거번이라면 두말할 것도 없는 일이었다.

부관은 고개를 끄덕이면서 말했다.

"알겠습니다. 기사단에게 회군 준비를 명하겠습니다."

콰그그그그그……!!

그때였다. 북부의 눈보라가 그들의 막사를 덮쳤다. 산사태라도 난 것이 아닌가 싶을 정도로 갑자기 쏟아지는 눈덩이에 병사들은 황급히 대피했다.

두드드…… 두드드드……!!

촤아아악--!!

그러나 휘몰아치던 눈보라가 약해졌음에도 불구하고 들려오는 굉음은 여전히 그대로였다.

"……."

크웰은 상공을 올려다보았다.

마력이 담긴 푸른색 불꽃을 뿜어내고 있는 거대한 함선. 수로가 없는 이곳에 배가 다닐 리가 없었지만 상공에 떠 있는 배엔 수로가 필요 없었다.

교도 용병단의 비공정.

"어째서 이곳에……?"

그의 옆에 서 있던 부관이 이해가 가지 않는다는 듯 낮은 목소리로 말했다.

털컥-

눈보라가 잠잠해지고 난 뒤에 비공정이 착륙하자 그 안에서 익숙한 얼굴이 크웰을 반겼다.

"여어, 아직 돌아가지 않았군. 다행이야. 아슬아슬했어."

마치 오래된 친구에게 인사를 하는 것처럼 비공정에서 내린 고든이 크웰을 향해 손을 흔들었다. 북부의 찬 바람에도 불구하고 그는 방한복은커녕 얇고 낡은 망토만을 걸치고 있었다.

"이곳은 돈이 될 만한 냄새는 나지 않는데. 네가 웬일이지?"

"북부에 오래 있어서 그런가. 말투까지 차가워졌군. 우린 그래도 적은 아니잖아?"

"……."

고든은 크웰의 어깨를 가볍게 두들겼다.

아무렇지 않게 기사의 몸에 손을 대는 것은 목숨을 내놓는 일이지만 이 자리에 있는 누구도 그에게 무례를 탓하지 못했다.

"그렇다고 동료도 아니지."

크웰은 딱딱한 얼굴로 두꺼운 손을 털어내면서 말했다.

"황궁에 다녀오는 길인데. 황제도 이제 나이를 먹었더군."

"그런 얘길 하려고 이 먼 북부까지 왔을 리는 없을 테고. 무슨 바람이 분 거지?"

"한잔하지그래? 제국에서 가져온 술이 그득한데."

고든의 말에 주위에 있던 기사들이 자신도 모르게 군침을 삼켰다. 북부의 혹독한 환경에서 식량도 부족한 판국에 술은 엄두도 못 낼 일이었으니까.

"제이건, 술통 몇 개를 풀어서 가져다줘라."

"알겠습니다."

그의 명령이 떨어지자 비공정 안에서 수십 통의 술병이 옮겨졌다.

"여기 온 이유라…… 내가 황궁에서 황제만 만난 게 아니거든. 귀엽게 자랐던데. 온실 속 화초라고 생각했는데 다들 송곳니를 품고 있어."

고든은 막사의 문을 걷고서 크웰에게 말했다.

"누구의 사주를 받은 거지?"

"그게 중요한가? 누군지 알면 뭐가 달라지는데?"

펑-

그는 술통 하나를 열어 통째로 들이키고는 숨을 토해냈다.

"후아……!! 추위 속에서 먹으니 안주가 필요 없군."

입가를 쓱 닦으면서 크웰의 앞에 술통을 내려놓은 고든은 말했다.

"회군을 일주일만 늦춰라. 기사들이 먹을 음식은 우리가 제공하지. 게다가 술도 말이야."

"무슨 짓이지?"

돈에 움직이는 용병이 아무렇지 않게 먼저 자신의 물품을 제공하겠다? 크웰이 아니라 누구라도 그걸 단순한 호의라고 생각할 리가 없었다.

고든은 그런 그를 향해 의미심장하게 말했다.

"나와 함께 갈 곳이 있다."

3년 내로 멸망하는 이스트리아 삼국(三國). 자신들의 미래를 알지 못한 채 흥겹게 연회를 즐기고 있는 이들 사이에서 우든 클라우드의 존재를 생각했을 때 카릴은 위화감을 느꼈다. 조금 전까지만 하더라도 말이다.

조이 요한셀.

특별히 주의 깊게 볼 사람은 아니었다. 그는 이스트리아 삼국의 생존자도 아니었으니까. 그를 처음 봤을 땐 신탁이 내려진 뒤, 전쟁의 막사 안에서였다.

치열한 전쟁은 수많은 부상자를 동반했다. 치유사는 언제나 부족했고 교단은 타락과 싸우는 이들을 위해 사제들을 지원했었다. 그는 파견된 수많은 사제 중의 한 명이었다.

"하하하, 좋은 소식이 있다고 들었습니다."

"모두 여러분들의 덕분입니다."

"별말씀을. 이게 다 율라(Yula)의 은총이지 않겠습니까."

"돌아가게 되면 교단에 큰 기쁨이 일 것입니다. 한 달 내로 서둘러 준비해서 돌아가면 교주님께서도 여러분들의 노고를 잊지 않으실 겁니다."

차분한 목소리가 정원에서 들렸다. 가느다란 실눈에 뚜렷한 이목구비는 아닌지라 스치고 지나가면 쉽게 눈에 띄는 외모는 아니었다.

'딱히 특별함은 없었지만 뛰어난 치유 능력과 차분한 몸가짐은 사제라는 직업에 가장 충실한 사람이었지.'

그가 제국에 몸을 담은 건 신탁이 내려지기 이전. 올리번이 제국 전쟁을 일으키던 당시에 한 가지 인연으로 인해 제국으로 오게 되었다. 그리고 그 이후, 그는 자연스럽게 쭉 제국의 황실 주치의의 보좌로 있었다.

'재상이나 궁정마법사 같은 쟁쟁한 자들이 있어서 존재감이 희박했지만…….'

말도 안 되는 일이고 상상도 해본 적 없는 일이지만 모든 정황이 그 믿을 수 없는 전제 조건을 둔다면 성립하게 된다.

'아니, 지금 생각하면 충분히 가능성이 있다.'

재상이나 궁정마법사보다 훨씬 더 특이한 이력이 그에게 있었다. 바로, 한 달 뒤 황제가 요양을 위해 교단에 머물렀던 시간 동안 그의 전임 치유사였다는 점이다.

순간, 카릴은 털이 곤두서는 듯한 오싹함을 느꼈다.

'설마…… 황제가 우든 클라우드와 연관이 있는 건 아니겠지?'

"반갑습니다. 라바트 길드의 카릴이라고 합니다."

"아하, 오늘 연회의 주최자이시군요. 이스트리아 삼국의 내로라하는 귀족들을 이렇게 한 자리에서 만날 수 있다니…… 수완이 아주 좋으십니다."

"별말씀을요. 베릴 남작께서 힘을 써주신 덕분입니다."

카릴은 낮게 웃었다.

확실히 삼국은 연합 체계로 동맹을 맺고는 있지만 타국의 귀족들끼리 만나는 일은 쉬운 것이 아니었다. 베릴 남작의 행실 덕분에 각국에서도 더 이상 관심을 가지지 않은 덕분이라는 걸 이곳에서 모르는 사람은 없을 것이다.

'흐음.'

조이 요한셀을 훑어보던 카릴은 그의 뒤에 서 있는 사람들의 얼굴을 살폈다.

이스탄 왕국의 재상을 맡고 있는 마일가(家)의 장남인 헤서 마일, 트바넬의 유능한 상인의 차남인 레이타스 등등…….

국적도 달랐고 나이도 제각각이지만 연회장 안에 있는 귀족들과 달리 모두가 카릴도 익숙한 얼굴들이었다.

'재밌네, 이 사람. 의외로 거물들과 연관이 있잖아?'

오히려 연회장 안에서 떠들기 좋아하는 귀족들과 달리 오히려 정원 밖에 있는 소수의 이들이 훨씬 더 실속이 있었다.

모두가 가문의 유능한 자제들. 꼭 후계자가 아니더라도 하나같이 두각을 나타내는 인물들이었다.

'내가 기억한다는 건 삼국이 멸망하고 나서도 살아남은 자들이라는 점이기도 하다.'

반대로 생각하면…….

그들을 바라보는 카릴의 눈빛이 빛났다.

'이들 역시 우든 클라우드와 접점이 있을 수 있다는 것.'

가능성을 배제할 수 없다.

처음에 우든 클라우드에 대해서 카릴은 단순히 공국의 비밀 조직이라고만 여겼다.

하지만 생각해 보면 가문의 이름만 같은 뿐 오랜 시간이 흐르며 그들은 루레인가(家)와는 별개의 사람들이었다.

'이제부터는 공국에 한해서 생각하는 틀을 깨야 한다. 그들은 내가 제국을 세우는 시점에서 괴멸돼야 한다. 그렇지 않고서 우든 클라우드가 존재하면 추후의 신탁 전쟁에서 큰 걸림돌이 된다.'

파렐이란 거대한 탑 속에서 쏟아지는 마물들을 막는 것만으로도 벅찬 시점에서 인간들끼리의 전쟁까지 덮친다면 그건 자멸의 지름길이 아닐 수 없었다.

카릴은 조이 요한셀과 함께 있는 이들을 바라보며 생각했다.

'내가 생각한 것 이상으로 조직의 규모가 엄청날지도 모르겠어.'

"속성석 광산을 개발하셨다지요. 정말 대단한 일을 하셨습니다."

"운이 좋았을 뿐입니다. 저희 같은 상인이 할 일이야 좋은 물건을 제공해서 이윤을 남기는 것뿐이죠."

"상인치고는 눈매가 아주 인상적이십니다. 아, 물론 칭찬으로 하는 말입니다."

조이 요한셀은 카릴을 바라보며 웃었다. 초승달처럼 굽어지는 실눈 속에 과연 어떤 눈빛이 있을지 궁금했다.

'에이단을 시켜 이들을 조사해 봐야겠군. 가장 유력한 후보자들이니.'

"그런데 어째서 삼국을 택하셨습니까? 공국과 제국도 있는데 말입니다."

정원을 따라 천천히 길을 걷던 지오는 연회장에서 어느 정도 떨어지자 말문을 열었다.

"제가 타투르 사람이란 건 잘 아시겠지요. 제국과 공국 그리고 삼국 사이에 있는 자유도시. 지리적으로 가장 위험하면서도 한편으론 가장 안전한 곳."

"하하, 그거야 이 자리에 참석한 사람들 중에 모르는 이가 있을까요."

"그리고 그 세 권세 중 하나라도 무너진다면 가장 위태로운 곳이라는 것도요."

카릴은 의미심장한 얼굴로 말했다.

"전 삼국이 계속 유지되길 바랍니다. 상인으로서 그리고 타투르의 사람으로서도 말이죠."

그 순간, 말이 끝남과 동시에 정적이 흘렀다.

"그 말은 꼭 삼국이 위험에 놓여 있다고 말하는 것 같습니다만?"

조이 요한셀은 흥미롭다는 듯 말했다. 하지만 그의 뒤에 서 있는 젊은이들의 표정은 그렇지 못했다.

"이대로라면 멸망하겠지요."

카릴의 말에 조금 전까지만 하더라도 훈훈했던 분위기가 급격히 차갑게 식었다.

"자네, 연회의 주최자라도 할 말이 있고 하지 말아야 할 말이 있네. 우리가 아니라 저 위에 있는 분들이 그 얘길 들었으면 거래고 뭐고 목이 날아갔을걸."

"윗분들이 아니라도 그 말은 허투루 넘길 수 없겠군. 사제님께서 계시다고 묵인될 일이 아니야."

하지만 조이 요한셀은 달랐다.

"제국 때문입니까?"

삼국 출신이 아니라서 그런지 그는 의외로 카릴의 말을 진지하게 받아들였다.

"비슷합니다."

반은 맞고 반은 틀린 말이었다.

전생의 삼국은 마광산을 두고 스스로 자멸에 가까운 피해를 입게 된다. 그 이후, 올리번이 즉위하고 제국이 남부 정벌에

출사표를 던졌을 때 이미 그들은 마광산 쟁탈전으로 인해 멸국의 위기에 놓여 있었었다. 게다가 현 황제가 통치를 하고 있는 지금도 제국은 삼국 침공의 야욕을 감추지 않고 있다. 루레인 공국만 없었다면 제국은 당장에라도 삼국을 쳤을 것이다.

하지만 그런 이유는 공국 역시 마찬가지.

덕분에 약소국인 이스트리아의 세 왕국은 아이러니하게도 가장 안전한 왕국이 되어버렸다.

'그 느슨함이 결국 멸망의 방법을 자멸이란 어처구니없는 방향으로 결말을 지어버렸지만.'

다행이라면 카릴이 마광산을 사들이는 것으로 삼국의 자멸은 일단 막았다고 볼 수 있었다.

그리고 더 나아가 제국의 공세까지.

'올리번이 쉽게 삼국을 칠 수 있었던 이유도 마광산을 두고 혈전을 벌여 국력이 약해진 틈을 노렸기 때문.'

온전한 세력을 유지하고 더 나아가 마광산의 속성석들을 제공함으로써 삼국의 국력을 키워 제국을 견제함과 동시에 남부를 치지 못하게 만드는 방파제로 쓴다.

이것이 당초 카릴의 계획이었다.

'하지만…….'

조이 요한셀을 만난 순간 그는 계획을 수정해야 한다고 직감했다.

'저자는 곧 교단으로 간다. 그렇게 되면 비밀로 하고 있는 마

광산에 대한 소식이 전해질 터.'

물론, 삼국과의 거래를 트기 시작하면 언젠가 제국과 공국 역시 그 소식을 알게 되는 건 사실이다.

'하지만 한 달 뒤는 너무 빠르지.'

황제가 요양을 위해 교단에 가게 되었을 때 조이 요한셀이 황제의 직속 주치의가 된다.

'그의 성격이라면 마광산을 그냥 두지 않을 터.'

어쩌면 올리번이 즉위하기도 전에 제국이 진심으로 침공을 강행할 수도 있게 된다.

"제국이 삼국을 노리고 있다는 것이야 누구나 알고 있는 사실이야. 하지만 그렇다고 쉽사리 쳐들어올 수 없다는 것도 모두가 알지."

헤서 마일은 카일의 말에 혀를 차며 말했다. 재상의 가문으로서 불쾌하지만 한편으로는 인정하고 있는 사실이었으니까.

"삼국이 멸망하게 되면 타투르 역시 거센 물결을 감당할 수 없겠죠. 거기에 제국이 마광산을 손에 넣는다면……. 공국 역시."

그의 말에 조이 요한셀의 얼굴이 아주 잠깐이지만 굳어졌다. 카릴은 그 변화를 놓치지 않았다.

"그래서? 삼국의 국운을 타인이 이러쿵저러쿵할 이야기는 아니라고 생각합니다만."

"무례인 줄 알지만 우연히 조이 사제님의 말씀을 듣게 되었습니다. 교단으로…… 가신다지요?"

조이 요한셀은 그의 말에 조금 전 카릴이 서 있었던 테라스를 올려다보았다.

"……."

꽤 먼 거리.

'저기서 내 목소리를 들었다, 라…….'

그는 카릴이 평범한 사람이 아니라는 건 진즉에 느끼고 있었다.

'상인이라도 제국인이라면 마력을 가지고 있으니까. 쉽게 볼 수는 없겠지.'

무역과 상업은 결국 여러 나라를 오가는 장사였으니까. 실제로도 대륙에 유명한 상인 길드 중엔 기사급의 능력자들도 이따금 보였으니까.

"교단으로 가시게 된다면 저희도 동행을 할 수 있을까요?"

"……!!"

예상치 못한 그의 제안에 주위 사람들의 시선이 조이 요한셀에게 꽂혔다. 그러나 여전히 그는 카릴을 바라보며 생각할 뿐이었다.

'성인도 되지 않아 보이는 아이가 그 정도의 경지에 올랐다니…….'

조이 요한셀은 다른 의미로 카릴에 대해서 궁금했다.

'솔직히 믿기 어려워. 타투르의 무뢰한들을 통합하여 그 위에 선 주인이 이런 꼬마일 리가 없다. 배후가 있는 게 분명할 터.'

진실은 그가 크게 헛다리를 짚은 것이지만 그걸 알 리 없었다.

'누군지 알아야겠군.'

그는 결심이 선 듯 카릴에게 말했다.

"좋습니다. 교단이야말로 마광산을 보유한 길드와 안면을 트는 것을 환영할 테니까요."

서로의 생각을 숨긴 채, 카릴과 조이 요한셀은 서로를 알아내기 위한 수 싸움의 첫 돌을 던졌다.

"떠나실 채비가 끝나시면 베릴 남작께 알려주시기 바랍니다. 그럼 기별을 기다리겠습니다."

"빛이 함께하길."

"여로(旅路)에 어둠이 걷히길."

조이는 교단의 인사말로 회답하는 카릴을 더욱 흥미로운 눈빛으로 바라봤다.

"……."

한껏 미소를 지으며 돌아선 카릴의 얼굴이 순식간에 굳어졌다.

'이건 기회다.'

카릴은 우연히 만들어 낸 이 틈을 절대로 놓아서는 안 된다고 생각했다.

아니, 우연으로 얻은 것이 아니다.

마광산을 찾고 베릴 남작을 매수하고 캄마와 수안 하자르에게 상단을 꾸릴 준비를 시켰다. 또한, 그가 이토록 당당하게 삼국의 귀족들을 대할 수 있는 이유는 남부의 군사력이 있기 때문이기도 했다.

계획이 만들어낸 기회. 그 속에 우연이란 건 저절로 당연하게 따라오는 작은 보상 중 하나에 불과했다.

'당신의 얼굴은 이번 생에도 볼 수 없을 거라고 생각했는데…… 아닌가 보군.'

카릴은 우든 클라우드의 배후를 찾는 것도 중요하지만 교단으로 향하는 행보가 그보다 더 중요한 것을 얻을 수 있게 될 수도 있다.

바로, 황제(皇帝) 타이란 슈테안.

단순한 느낌일지도 모르지만 어쩌면 그와의 독대가 현 역사를 크게 바꾸게 될지도 모른다는 생각이 들었다.

보름이 지났다.

카릴은 조이 요한셀의 기별을 기다리며 제법 바쁘게 움직였다.

"그럼…… 다녀오겠습니다."

여정을 꾸린 캄마는 나이답지 않게 얼굴에 긴장한 표정이 역력한 모습으로 말했다.

"겁먹지 마."

"시, 시끄러."

두샤라의 농담에 그는 얼굴을 붉히면서 말했다.

"그녀의 말대로야. 공국의 거점은 이미 무법항의 주민들이 준비해 놓은 상태라고 하니…… 걱정 말고. 공국의 귀족이 아니라 라바트 길드의 캄마로 가는 거야."

"거래를 꼭 성사시키겠습니다."

카릴은 고개를 끄덕였다.

"그래야지. 지금 우리가 가지고 있는 카드는 속성석뿐이니까. 속성석의 가치가 어마어마하더라도 단일 품목으로는 부족해. 공국의 마공학품들은 타투르에서도 쓸모가 있을 거야."

"그래도 제가 한때 공국 출신이었지 않습니까. 아는 자들이 아직 있으니까."

캄마는 애써 호기롭게 말했다.

"횡령에 절도, 공갈, 살해 등등으로 귀족을 박탈당하고 국외로 쫓겨나기 전까지만 하더라도 말이야."

"……."

두샬라는 여전히 캄마를 놀리는 데 재미가 들린 듯 말했다.

"……다녀오겠습니다."

호기로웠던 얼굴이 다시 울상이 되자 카릴은 피식 웃었다.

"수안과 미하일을 데리고 가도록 해. 두 사람은 캄마를 잘 보좌하고 전에 내가 얘기했던 일도 처리하도록 해."

"마스터, 그런데 저도 꼭 가야 합니까?"

"응. 가야 해."

미하일은 단호한 카릴의 말에 아쉬움을 표했다.

타투르로 돌아온 뒤로 그의 얼굴을 보기 힘들었다. 기껏해야 마광산에 있는 교도 용병단의 단원들과 가끔 인사를 나누는 정도.

미하일은 대부분의 시간을 훈련장에 박혀 있었다.

"네가 마법 훈련에 매진하고 싶은 마음은 알지만 그렇기 때문에도 함께 가야 해. 일이 잘 처리되면 공국으로 가는 게 어쩌면 지금 상황에선 내 밑에 있는 것보다 네 수준을 한 단계 더 올려줄 수 있을지도 모르거든."

"그렇습니까……?"

카릴의 말에 미하일의 눈썹이 씰룩였다.

'마법사의 반열에 오르기 전에 마주하는 벽에 다다른 거겠지. 나 역시 알른이 없었다면 그 벽을 넘을 수 없었을 테고.'

하지만 일반적인 방법이 아니었기에 카릴은 미하일에게 도움을 주지 못했다.

'알른은 내게 미하일의 교육을 맡겼지만 아쉽게도 내가 아는 지식은 그에게 적용시키기 어려운 게 사실.'

비전술과 전통 마도학을 모두 알고 있던 알른이 있었기에 가능한 일이었다.

그가 카릴에게 전수해 준 마법적 지식들은 진실로 광대한 것들이었지만 아쉽게도 카릴 본인이 아직은 모두 활용할 수 없었다.

현재는 거대한 대도서관의 책들이 그대로 머릿속에 주입되어 있는 것과 같은 상황.

하지만 아무리 많은 책이 보관되어 있다 한들 그것을 펼쳐 보지 않으면 내용을 알지 못하는 것처럼 카릴의 지식은 아직 한계가 있었다. 그래서 생각해 낸 방법이 바로 이것이었다. 몇 번을 생각해도 역시 이만한 적임자는 구하지 못할 것이었다.

"그런데 쪽지에 적힌 사람이 꽤 까칠할 거야. 하지만 무슨 일이 있어도 우리 쪽으로 영입해."

"알겠습니다."

"앞으로 네 스승이 될 사람이니까."

"……네?"

카릴의 한마디에 미하일은 깜짝 놀란 표정으로 말했다.

"세리카 로렌."

그는 다시 한번 그 이름을 각인시키듯 말했다.

"데리고 돌아와."

조금 전까지만 하더라도 공국으로 가는 여정을 탐탁지 않게 생각했던 미하일은 갑자기 어깨가 무거워지는 기분이었다.

그때였다.

똑- 똑-

복도에서 병사의 목소리가 들렸다.

"교단의 조이 요한셀이란 분께서 찾아오셨습니다."

"으음."

카릴은 부하의 말에 고개를 끄덕였다.

"좋아. 나도 떠날 때가 되었군."

한 달의 시간보다 빠르게 찾아온 소식에 그는 가볍게 손뼉을 치면서 상황을 정리하듯 말했다.

"세 달 뒤, 모든 일을 끝내고 다시 이곳에서 모인다."

그의 말에 사람들은 고개를 끄덕였다. 공국을 캄마가, 삼국은 이미 두샬라가 맡고 있었으며 이제 마지막으로 카릴이 가장 큰 적인 교단과 제국으로 향할 것이다.

각각의 목적지는 다르지만 목표는 하나였다.

보이지 않는 제국의 완성.

일생일대의 출사표를 내던지는 순간 카릴은 집무실의 문을 열며 말했다.

"다시 만났을 때 많은 것이 달라질 것이다."

"여깁니다."

조이 요한셀은 기다렸다는 듯 카릴을 향해 손을 흔들었다.

밤이 아닌 낮이기 때문일까.

연회장에서 만났을 때보다 어쩐지 좀 더 밝은 모습이었다. 새하얀 사제복이 유난히 반짝거리는 기분이었다.

"헤임까지는 보름 정도 걸릴 겁니다."

생의 처음이었다. 두 번의 삶을 살면서 대륙의 전역을 돌아다녔던 그조차 한 번도 와보지 못한 곳.

바로, 교단의 성지, 헤임(Heim).

"보내주신 돈으로 수월하게 준비를 해서 편안하게 갈 수 있을 것 같습니다."

카릴은 뒤에 세워져 있는 마차들을 바라봤다. 식량과 생필품들이 넉넉하게 들어 있는 20대가 넘는 마차는 출발하는 일행들이 쓰기엔 너무 많아 보였다. 교단으로 가는 인사치레로 바칠 물건들이었다.

"그런데 15일 만에 그곳까지 갈 수 있습니까?"

"짐들은 좀 더 천천히 올 겁니다. 저희는 그전에 마법진으로 이동을 할 것이고요."

그의 말에 카릴은 고개를 끄덕였다.

'15일 거리면…… 삼국의 경계를 겨우 벗어나는 정도겠고. 거기에는 니에로 수도원 하나뿐이었지 아마.'

전생의 기억을 더듬어봤다.

'작은 수도원이었는데 거기에 마법진이 있었는지는 몰랐는데……. 이런 곳까지 이동 마법진을 세울 정도라…… 확실히 교단은 대단하군. 게다가 진을 발동시키려면 꽤 많은 마력이 필요할 텐데.'

동시에 조이 요한셀을 바라봤다.

'그의 마력이 그 정도로 충만한 것일지도.'

마력의 수준이 높다는 건 그만큼 감지를 할 수 있는 능력도 뛰어나다는 것을 의미한다. 카릴은 최대한 그가 눈치채지 못하도록 지금처럼 자신의 마력을 갈무리해야겠다는 생각을 했다.

"짐들은 괜찮겠습니까?"

"걱정 마십시오. 수도원까지는 저희도 마차를 이용할 테니까요. 그리고 그 이후엔 수도원의 사제들이 직접 헤임까지 옮길 겁니다."

조이 요한셀은 그렇게 말하면서 씨익 웃었다.

"카릴 님 덕분에 저도 수도원에 면이 설 것 같습니다."

"별말씀을."

"그럼, 출발하시죠."

"알겠습니다."

카릴은 마차 위에 올랐다. 샌드 서펀트의 머리 위에 앉던 것이 익숙해졌기 때문일까. 쿠션이 놓인 마차의 의자가 왠지 어색하게 느껴졌다.

"마스터, 저는 마부석에 앉겠습니다."

그의 뒤에 있던 에이단이 허리를 숙이며 말하자 카릴은 가볍게 고개를 끄덕였다. 마치 뭔가를 찾는 듯, 타투르에서 유일하게 그와 동행을 하게 된 에이단은 모자를 눌러쓰며 얼굴을 가렸다.

바스락- 바스락-

집중해서 듣지 않으면 들리지 않을 작은 소리.

어둠 속에서 검은 인영(人影)이 움직였다.

"……."

하지만 그것도 잠시뿐.

짐이 실려 있는 마차들 사이에서 아무 일도 없었다는 것처럼 소리는 사라지고 잠든 사람들의 숨소리만이 들렸다.

"이제 곧 수도원입니다."

천막 안에 있던 조이 요한셀은 카릴에게 따뜻하게 데운 술 한 잔을 건넸다.

"피로를 푸는 데 도움이 될 겁니다. 알코올은 모두 날아갔으니 드셔도 괜찮습니다."

"알코올이 들어 있는 게 더 좋았을 텐데 아쉽네요."

카릴의 말에 그는 옅은 웃음을 지었다.

"야영이 쉽지 않을 텐데 익숙하신 듯 보입니다."

"이 정도면 호사지요. 최근의 일들을 생각하면 바닥에 천 한 장만 깔려 있어도 감사할 따름입니다."

조이 요한셀은 술을 한 모금 하면서 바닥을 두들겼다.

"……."

소매 안으로 보이는 팔목에 생긴 상처들.

'저건 분명 날카로운 것에 베인 상처야. 게다가 그 주위의 피부색이 변했다는 건 독성이 있었을 가능성도 높다. 흐음, 뭘

하다가 온 거지.'

카릴은 그 상처가 오래된 것이 아니라는 걸 알았다. 단순한 포교 활동을 위한 여행에서 독이 든 물건에 베일 확률이 과연 얼마나 될까.

"꽤 험한 곳에 다녀오셨나 봅니다."

"하하…… 교단을 위한 일에 제가 선택을 받았으니 그저 기쁘게 수행할 따름입니다."

"그렇군요."

조이 요한셀은 카릴을 바라봤다.

서로의 눈은 웃고 있었지만 그 속의 눈동자는 여행을 떠나오기 전보다 더 경계하고 있었다.

"제가 너무 오래 시간을 빼앗았군요. 그럼, 쉬십시오. 이제 이틀만 더 가면 되니…… 그 뒤엔 성도에 도착하는 것은 금방입니다."

"배려에 항상 감사할 따름입니다."

"저야말로. 교단과 타투르가 좋은 관계를 가질 기회가 되었으면 좋겠습니다."

"바라시는 대로 될 겁니다."

카릴의 대답에 조이는 고개를 끄덕이고는 막사를 나섰다.

"어때?"

그가 나가자마자 카릴은 아무도 없는 막사 안에서 굳은 얼굴로 말했다.

"별다른 건 없던데요."

"그래?"

놀랍게도 흐릿한 잔상과 함께 얼굴을 가린 에이단이 나타났다.

"분부하신 대로 조금 전 마지막 짐마차를 확인했습니다. 대부분이 식료품과 생필품들이었습니다."

"흐음……."

그의 보고에 카릴은 눈썹을 찡그렸다.

여행을 시작하기 전, 그는 에이단에게 한 가지 명령을 했다.

"조이 요한셀의 짐마차를 조사해 봐."

간단하지만 어쩌면 어려운 일이기도 했다. 하지만 에이단은 지금껏 카릴이 내린 명령 중에 이번이 자신에게 가장 걸맞은 것이라고 생각했다.

그렇기 때문일까. 그는 장갑을 벗으면서 말했다.

"다만 마지막 짐마차에 조금 다른 게 하나 있긴 했습니다."

에이단의 말에 카릴은 역시나 하는 표정으로 기다렸다는 듯 물었다.

"그게 뭐지?"

기대감과 달리 그는 별것 아니라는 듯 어깨를 가볍게 으쓱하면서 말했다.

"낡은 고서였습니다. 교단이니 아마 교리서 같은 게 아닐까 싶은데…… 표지도 낡아서 제대로 제목을 알아보기 힘들었습니다. 게다가 고대어로 쓰여 있던 거 같은데…….”

“뭐라고 쓰여 있는데?”

에이단 하밀이 말했다.

“일단 고서가 든 상자는 단단하게 자물쇠로 봉인이 되어 있긴 했지만 중요한 게 아니라고 생각됩니다. 일단 마법 봉인도 아니라서…… 쉽게 열었습니다.”

카릴은 그의 말에 가볍게 고개를 저었다.

“꼭 그렇지만도 않아. 그전에 이미 봉인이 해제된 걸 수도 있지. 대부분 유적 안에 있는 유물들은 유적에서 꺼낼 때 이미 결계를 풀어야 하니까.”

“으흠, 그래도 그 이후에 다시 마법 봉인을 하지 않겠습니까?”

“그 물건이 어떤 거냐에 따라 다르지. 속성에 따라서 봉인이 가능한 마법의 속성이 정해질 수 있거든.”

에이단은 고개를 끄덕였다.

“좀 전에 말씀드렸지만 표지가 낡아서 제목은 정확히 알 수 없었습니다. A…… k…… n. 아마 고대어인 것 같던데.”

“A.k.n…….”

카릴은 에이단이 말한 단어들을 다시 한번 읊조렸다.

‘뭘까. 그 고서가.’

그저 느낌일 뿐이었다.

카릴은 잠시 생각을 정리하려는 듯 눈을 감았다. 처음 연회장에서 조이 요한셀을 만났을 때 그는 여러 가지 생각을 했었다.

교단의 사제인 그가 어째서 삼국에 왔을까. 단순한 포교 활동을 위한 여행 도중에 이곳에 들린 것일까?

하지만 그렇기엔 삼국의 자제들과 너무 친분이 있었다. 그 말은 그 이전부터 이미 그들과 교류가 있었다는 것. 그뿐만 아니라 처음이자 마지막으로 들었던 그들의 대화에서 조이는 그들과 뭔가 일을 진행하고 있었던 게 분명했다.

그리고 그건 조금 전 막사에서 발견했던 조이 요한셀의 상처와도 연관된 일이 분명했다.

이스탄 삼국 그리고 교단. 아쉽게도 카릴의 기억 속에 그 둘이 연관된 접점은 없었다.

어쩌면…….

자신의 생각이 억측일지도 모른다. 단순히 조이 요한셀이 여행 중에 발견한 고서점에서 개인적으로 샀던 물건일지도 말이다.

"상자엔 특이한 건 없었어?"

"네. 낡긴 했지만 고급스러워 보이는 상자긴 했습니다. 자물쇠도 기계식이고 말이죠. 아……! 그러고 보니 자물쇠의 양식이 좀 달랐습니다. 뭐, 오래된 유물이라면 그럴 수도 있을지 모르지만요."

"어떻게?"

"단순한 무늬가 아니라 꼭 문양 같아 보였거든요. 음 그러니까…… 용머리 같은 장식을 관통하는 검? 아니, 번개? 뭐 그런 게 있었습니다."

"으흠……."

카릴의 기억 속엔 그 문양에 대한 기억은 없었다.

하지만…….

'내 기억이 아닌 다른 기억이라면…….'

그때였다.

착……! 착……! 착……!

촤르르르륵--!!

감은 두 눈의 어둠 속에서 끝을 알 수 없는 커다란 책장이 홀로그램처럼 밀려 들어와 펼쳐졌다. 책장은 빛나고 있었고 수백, 수천의 책 속에 한 권이 뽑혀 카릴의 손바닥 위에 안착되었다.

철컥-!! 즈으으으응……!

손으로 책의 표지를 잡는 순간. 잠금쇠가 풀리는 것과 같은 소리와 함께 톱니바퀴가 맞물려 움직이는 기계음이 들렸다. 책의 페이지가 펼쳐지면서 수많은 글자가 상공으로 흩어졌다. 글자 한 글자 한 글자가 빛을 뿜어내고 그것들이 다시 나선의 형태로 회전하며 카릴의 머릿속으로 입력이 되듯 스며들었다.

"……?!"

카릴이 감았던 눈을 뜨는 순간 에이단은 그의 눈동자가 마치 뱀의 것처럼 황금빛에 가깝게 변했다가 돌아오는 것을 느꼈다.

'알른 자비우스, 당신에겐 매번 감사해야겠군.'

카릴은 만족스러운 듯 고개를 끄덕였다.

"그것'이 여기에서 발견된 물건인 줄은 몰랐거든.'

아직도 그의 머릿속에 떠오르는 잔상들이 남아 있었다.

인간의 형태가 그려진 그림.

그리고 각각의 부위에 고대어들이 빼곡하게 적혀 있었다.

수식 같기도 하고 설명 같기도 한 복잡한 글자들.

'억겁의 시간을 참아 왔다고 하지만 내가 보낸 그 시간들은 결국 탑 속의 시간에 불과하다. 그렇기에 내가 경험한 대륙의 역사는 한정되어 있지. 그러나 당신이 보낸 천 년의 시간은 내가 지낸 억겁보다 훨씬 더 많은 역사를 알게 해준다.'

나락 바위에서 알른 자비우스가 그에게 전수한 지식은 카릴조차도 아직 모두 꺼내 보지 못했다. 너무나도 많은 방대한 지식은 그조차 완벽하게 자신의 것으로 만들지 못했다.

하지만 기억된 지식을 언제든 찾아보거나 엿볼 수 있다.

'볼 때마다 탐난다니까. 언젠가 당신의 지식을 모두 내 것으로 만들게 되었을 때 내 마법도 벽을 뛰어넘을 수 있겠지,'

아직은 잡힐 듯 잡히지 않는 알른의 영역에.

"별거 아니죠?"

"아니. 무척이나 별거인데."

"……네?"

"에이단, 널 데리고 온 건 확실히 탁월한 결정이었어. 네 눈썰미가 아니었다면 다른 사람은 알지 못했을 거야."

"하하……. 별말씀을."

에이단은 카릴의 칭찬에 머쓱한 표정을 지으면서 머리를 긁적였다.

"그런데 그게 뭔데요?"

하지만 정작 본인은 자신이 발견한 특이점이 무엇인지 알지 못했다.

카릴은 기억을 떠올리며 말했다.

"이스탄 왕국 남부 쪽에 작은 유적 하나가 있다. 마도 시대에 만들어진 건물인데 그 당시엔……. 교단과는 딱히 상관이 없는 곳이긴 하지."

"으흠?"

"하지만 교단이 아주 관심을 가질 만한 내용이 들어 있는 곳이기도 해. 그리고 나도 조금은 알고 있는 물건이고."

그는 허공에 대고 에이단이 말했던 단어들을 가볍게 그려봤다.

"조이 요한셀이 상자 안의 유물을 방치해 둔 것은 그조차도 그게 무엇인지 모르기 때문일 가능성이 높아."

손가락을 따라 에이단의 눈동자도 움직였다.

"고대어로 아쉬켈론(Ashkelon). 마도 시대의 유물이지. 지금의 문자로는…… 아스칼론(Ascalon)이라고 불러야겠군. 뭐, 지금은 이름만 남았을 뿐 존재하진 않지만. 그 고서 안에 방법이 있을지도 모르지만 지금은 교단도 모를 거야. 알았으면 실물을 봤었겠지."

전생의 기억을 떠올리며 카릴이 말했다.

"아스칼론……. 그게 무슨 뜻입니까?"

에이단은 그 이름을 되뇌며 그에게 물었다.

카릴은 속삭이듯 읊조렸다.

"용 살해자(Dragon Slayer)."

▸Chapter 6◂

"자네가 카릴인가."

자신을 부르는 낮은 목소리에 카릴은 천천히 고개를 들었다.

생의 처음이었다.

카릴은 보름 가까이 마차를 타고 도착한 이곳을 바라보며 신기한 듯 눈을 반짝였다.

"조이 요한셀 경과 함께 왔다지."

"네. 사제님께서 마법진을 사용할 수 있게 배려를 해주셔서 편히 교황님을 뵐 수 있게 되었습니다."

카릴은 차분한 어조로 말했다.

무릎을 꿇은 자세부터 말투까지 법도에 어긋나지 않는 완벽한 예법이었다.

'전생에 배운 것이 이렇게 쓰일 줄이야.'

크웰 맥거번에게 이끌려 처음 저택에 왔을 때 배웠던 기억이 떠올라 그는 쓴웃음을 지었다.

'란돌…….'

저택을 떠올렸기 때문일까. 카릴은 나락 바위에서 만났던 자신의 양형제를 떠올렸다.

"타투르의 카릴이라고 합니다."

하지만 회상은 잠시뿐. 카릴은 주교에게 자신의 이름을 다시 한번 각인시키듯 말했다.

우우우웅…….

바람이 부는 소리가 마치 살아 있는 존재의 울음소리처럼 들렸다. 교단의 성지, 헤임(Heim)에 도착한 카릴은 은빛으로 가득한 도시를 보며 감탄을 금치 못했다.

마치 제국의 건축 양식보다 몇 세대를 뛰어넘은 것 같은 수려한 건물들. 신탁을 받고 선택받은 자가 되어 타락과의 전투에 섰지만 실제로 교단의 주교를 마주한 적도 제대로 교단을 살펴본 적도 없었다.

'그저 올리번의 명을 수행할 뿐.'

카릴은 천천히 고개를 들었다.

'이런 곳이 있었군.'

그뿐만 아니라 교단의 성지는 대륙인들에게도 베일에 감춰진 곳이었다.

'생각해 보면 조이 요한셀이 이토록 쉽게 나를 교단에 들여

보내 준 건 속성석의 가치가 그만큼 매력적이거나 혹은 모든 이에게 열려 있다는 가르침을 이행하기 위함.'

그것도 아니라면 카릴이 내뱉었던 삼국의 멸망을 그 역시 바라지 않기 때문일지 모른다.

'그가 유적에서 건진 고서를 생각하면 마지막이 가장 확률이 높겠지. 아직 조사를 해야 할 것들이 많으니까.'

뿐만 아니라 유적의 조사와 관련해서 삼국 귀족의 자제들이 관련되어 있을 가능성이 컸다.

'제법 머리를 썼군. 약소국인 자신들이 제국과 공국의 틈바구니에서 살아남기 위해서 한 선택치곤 말이야.'

제국과 공국. 대륙에서 쌍벽을 이루는 거대한 세력이었지만 어떤 의미에서 그들을 뛰어넘는 힘을 가진 유일한 존재가 바로 교단이었기 때문이다.

'그들은 교단을 자신의 편으로 끌어들이려고 하는 건가.'

하지만 아쉽게도 그들의 계획은 실패로 돌아가게 된다.

'황제가 이곳으로 오기 때문이지.'

카릴은 고개를 들어 교단의 궁을 훑었다.

높은 천장. 그리고 수십 미터 위에 있는 작은 창들을 통해 빛이 들어와 건물 안은 어둡지 않았지만 어느 것 하나 제대로 밖을 비추는 것이 없었다. 마치, 이곳의 위치를 감추기 위해 설계되어 있는 것처럼 보였다.

'하지만 아직까진 황제가 이곳에 오지 않았다. 주교나 몇몇

고위 사제들은 소식을 알고 있을지 모르지만…….'

적어도 유적을 발견하고 조사한 조이 요한셀은 오랫동안 교단을 비웠기 때문에 제국에 대한 소식을 듣지 못했다.

'그를 만난 게 다행이야. 마법진으로 이동한 덕분에 황제보다 빨리 교단에 올 수 있었던 것도 있지만 그보다 같은 맥락으로 삼국에 발견된 유적을 위해 나를 교단에 초대한 것이겠지. 단순한 호의만은 아니겠지만 덕을 봤군.'

대륙을 관통하는 이동 마법을 쓰면 확실히 시간도 단축되고 피로감도 줄었다. 다만 반대로 목적지로의 루트를 알 수 없다는 단점도 있었다.

'흐음…….'

마법진으로 이동하여 제대로 위치를 감지하기 어려웠지만 카릴은 감각적으로 이곳이 어딘지 추측할 수 있었다.

'아주 잠깐이지만 도착하고 나서 이동 마법진의 빛이 사라졌을 때 보였던 산은 분명 마론 협곡이었어.'

대륙에 비슷한 지형이야 많을 수 있겠지만 카릴은 그곳을 확신할 수 있었다. 거기서 있었던 격전을 절대로 잊지 못하기 때문이다.

'마론 협곡……. 첫째인 마르트 맥거번이 마족에게 심장이 꿰뚫렸던 곳이니까.'

육안으로 그곳이 보인다는 것은 제국과 그리 멀지 않다는 것을 뜻했다.

'협곡이 보이는 위치는 북동쪽. 그렇다면 헤임의 위치는 제국에서 조금 아래일 가능성이 높겠지.'

카릴은 주교 이외에 나머지 사람들에게 가볍게 인사를 하면서 생각했다. 그들 한 명 한 명이 부드럽게 카릴의 인사를 받아주었다.

'그렇다면 공국과는 거리가 꽤 떨어져 있는데……. 초기 교단의 창립 일원 루레인가의 사람들이 많아서 공국과 가깝게 성지를 지었을 거라고 생각했는데 그게 아닌가 보네.'

주교는 천천히 카릴에게 말했다.

"속성석을 채광할 수 있는 마광산을 소유하고 있다고 조이경에게 들었네만."

"그렇습니다. 아직 부족하지만 교단에 힘이 될 수 있도록 지원코자 이렇게 실례를 무릅쓰고 왔습니다."

"무릇 교단은 오직 율라의 힘만을 믿는 사람들일세. 마력을 부정하는 것은 아니나 제안은 마음만 받도록 하지."

주교의 목소리에는 힘이 있었다. 마법적인 것이 아닌 신성한 힘이 담긴 그의 목소리를 들을 때마다 어쩐지 카릴은 가슴이 답답해지는 기분이었다.

"교단은 여행자에게 언제나 잠자리를 제공할 의무가 있다네. 이곳을 찾은 그대 역시 우리의 인연이니 편히 쉬다 가게."

배려 있는 말이었지만 주교는 손을 들어 올림으로써 더 이상 카릴과의 거래에 대한 이야기를 하지 않겠다는 의사를 표했다.

'뭐……. 상관없겠지.'

애당초 속성석의 거래는 교단에 오기 위한 미끼에 불과했으니까. 그뿐 아니라 주교가 그와의 거래를 거절함으로써 교단에겐 속성석의 가치가 그다지 높지 않다는 것도 알 수 있었다.

'하지만 필요 없다면 필요하게 만들어야지.'

카릴은 낮게 웃었다.

"계시는 동안 이 아이가 카릴 님의 수발을 들 것입니다."

카릴의 옆에 있던 사제가 수련생인 듯 보이는 아이 한 명을 인사시켰다.

"고작 상인에 불과한 저에게 시종은 필요 없습니다. 그저 며칠만 묵었다가 돌아가겠습니다."

"교단의 규율입니다. 심려치 마십시오."

"……."

사제의 말에 꾸벅 인사를 하는 아이는 카릴과 비슷한 또래로 보였다. 아이를 보고 있자니 어쩐지 저택에서 자신을 도왔던 루벤이 생각났다.

"호의에 감사드립니다."

카릴은 거절을 계속하는 것도 좋지 않다고 생각했다.

'감시를 붙이기 위함이겠지만.'

어차피 자신의 눈과 귀는 따로 있었다. 지금도 어딘가 교단을 조사하고 있을 터였으니까.

"그럼……."

카릴은 주교에게 다시 한번 인사를 하고는 천천히 홀을 빠져나왔다.

'어쩌면 주교를 비롯하여 교단의 고위 관계자들은 오히려 루레인가와 연관이 없을 가능성도 있겠는걸.'

교단은 몰라도 우든 클라우드라면 속성석을 원했을 테니까.

'일단 에이단을 만나야겠군.'

역사적으로 교단은 마도 시대 때부터 존재했으니 제국보다 더 오래된 유일한 단체였다. 빛의 신 율라를 모시는 교단은 입단하는 것도 쉬운 일이 아니었다. 그들의 마력은 평범한 5대 속성이 아닌 신성력이라고 불리는 특수한 성질을 띤다고 알려져 있다.

'알른 자비우스가 내게 말했던 마법의 5대 속성 이외에 2가지.'

빛과 어둠. 그 두 개의 힘이 알른은 율라의 것이라고 했었다. 교단은 두 가지 중 극도로 빛에 치우쳐져 있는 단체였다.

'신성력은 다른 마법보다도 탁월한 신체 복원 능력이 있어 회복계 마법에 월등한 효과를 가진다.'

당연한 말이지만 그렇기 때문에 교단은 많은 치유사를 배출했다. 조이 요한셀 역시 그중에 한 명이었다.

사제들은 육체를 단련시키기보다는 정신을 수행하는 자들이다. 물론 신성 기사라고 불리며 교단 안에서도 전투를 위한 부류가 있긴 했지만 그들은 소수에 불과했다. 카릴이 알고 있는 사제들은 결코 유물과 유적 탐색에 적합한 자들이 아니었다.

'지금의 일은 조이 요한셀의 독단인 건가.'

하지만 그럼 어째서 그는 자신을 데리고 온 걸까.

'주교는 생각보다 나에게 관심이 없어. 하지만 그는 달랐어. 그렇다면 나에 대한 보고를 주교가 아닌 다른 사람에게 하려는 건가?'

카릴은 방으로 돌아와 탁자에 앉아 낮은 목소리로 말했다.

"이상해."

"네? 뭐 필요한 것이라도 있으신가요?"

문에 서 있던 수련생 아이는 카릴의 말에 깜짝 놀라며 되물었다. 그 모습마저 루벤과 비슷해서 카릴은 피식 웃었다.

"아니. 없으니 가봐. 필요한 게 있으면 부르도록 하지."

"알겠습니다."

꾸벅 인사를 하고 돌아서는 아이를 바라보며 생각했다.

'접점이 없단 말이지, 접점이. 교단, 우든 클라우드 그리고 조이 요한셀의 행보. 내가 놓치고 있는 게 있는 걸까.'

카릴은 낮은 목소리로 말했다.

"어떻게 생각해?"

커튼 뒤에 숨어 있던 에이단은 작은 문서 하나를 들고 있었다.

"여기 엄청 재밌는 곳이네요."

"그건 뭐지?"

"교단의 기록들입니다. 전부는 아니지만 일부를 구할 수 있었거든요."

자료를 받아 보고 난 다음 카릴은 황당하다는 표정으로 그를 바라봤다.

"이걸 어디서 얻었어?"

"주크에게 들었습니다. 교단에 암연과 관련된 자가 있다고요. 마스터가 주교를 만나는 동안 다녀왔죠."

"들키진 않았어?"

카릴은 대범한 그의 행동에 놀라며 말했다. 이제 에이단 하밀은 동방국 암연 소속이 아닌 자신의 수하였으니까.

"뭐……. 다른 곳이라면 모르겠지만 다행히 교단은 폐쇄적인 곳이라서요. 주크가 함구하고 있었던 터라 아직 보고가 올라가지 않았죠. 덕분에 잘 둘러댔습니다."

에이단은 서류를 탁자 위에 놓으면서 말했다.

"들키면 목이 날아가겠지만. 왠지……. 여기 썩 기분 좋은 곳은 아니라서 말이죠. 저도 좀 궁금해졌거든요."

"그렇지?"

"그래도 완벽한 자료는 아닐 겁니다. 암연은 동료라 할지라도 절대로 모든 걸 다 공개하진 않으니까요."

"보아하니 주크 디 홀드가 너보다 암연에서의 위치가 위인가 보군. 이거 그녀의 이름을 판 거지?"

"하하."

에이단은 나지막하게 웃었다.

"이제는 무슨 말을 해도 놀라지 않으시겠어요. 설령 주크 디 홀드가 동생이 아니라 연상이라고 해도 말이죠."

"응. 사실이잖아."

"……네?"

농담처럼 툭 던진 그의 말에 아무렇지 않게 받는 카릴을 보며 그는 멍한 표정을 지었다.

'생각했던 것 이상이야. 동방국이라……. 이제는 좀 주의를 해야겠는걸.'

자신이 상상한 것 이상으로 대륙에 깊게 관여하고 있었다. 베일에 싸인 교단에까지 첩자가 있다면 나머지 나라들은 말할 것도 없었다.

촤르륵.

카릴은 그가 건넨 기록을 펼쳤다.

'이것 보게……?'

그 안에는 여러 내용이 빼곡하게 적혀 있었지만 그중에서도 에이단이 표시해 둔 부분이 있었다.

'미치겠군.'

그의 눈동자가 흔들렸다.

확실히 교단은 단순한 곳이 아니었다. 물론 교리를 공부하고 끊임없는 노력을 해야 하는 곳이기도 하지만 에이단이 제시한 자료는 그런 의미가 아니었다. 교단과 우든 클라우드 그리고 조이 요한셀이란 세 개의 점을 잇는 접점(接點).

"이거 확실해?"

"암연 사람이 조사한 겁니다."

에이단은 확신에 찬 목소리로 말했다. 그의 말에 카릴은 고개를 끄덕였다.

'내가 놓친 게 이거였군.'

바로 제국이었다.

물론 그 점을 생각하긴 했었다. 이후 만나게 될 황제와 조이 요한셀의 관계를 알고 있었으니까. 그러나 그 접점을 잇는 요소의 시간 순서를 잘못 생각한 것이었다.

'황제가 우든 클라우드와 관련이 있었던 게 아니라 이미 조이 요한셀이 황제의 사람이었단 말이지.'

카릴의 입꼬리가 올라갔다.

"이거 일이 재밌게 흘러가는데……."

교단이라는 베일에 싸인 이 비밀의 장소는 이미 제국과 우든 클라우드와의 피 터지는 머리싸움이 벌어지고 있는 전쟁터였다.

'누가 교단을 손에 넣느냐……. 아직 우든 클라우드 쪽은 누구인지 모른다. 그럼, 어디 나도 한번 이 판에 껴볼까.'

그는 눈빛을 빛냈다. 오랜만에 품 안에 항상 가지고 다니던

작은 주머니를 꺼내 그 안에서 작은 청보석이 박힌 장신구를 집어 들었다.

에이단은 그게 무엇인지 잘 알고 있었다.

'크웰 맥거번의 직속 인장.'

"일이 이렇게 될 줄은 몰랐습니다. 죄송합니다, 카릴 님. 주교께서 반대하실 줄은……."

"아닙니다. 주교의 말씀도 일리가 있습니다. 속세의 상인과 거래를 하는 것은 교단과 어울리지 않겠지요."

카릴은 에이단이 준 자료를 읽고 난 뒤에 어떻게 다시 조이 요한셀을 만나야 할까 고민했다.

하지만 의외로 일은 쉽게 풀렸다. 당사자가 직접 자신을 찾아왔기 때문이었다.

'속이 탔겠지. 교단은 필요 없다지만 네가 황제의 사람이라면 넌 내가 필요할 테니까.'

카릴은 자신을 찾아온 그와 함께 정원을 거닐고 있었다. 새벽이 다 된 늦은 밤에 사람들의 눈을 피해 남자 둘이서 산책을 하는 것은 아무리 생각해도 꿍꿍이가 있어 보이는 모습이었지만 그들의 대화는 여전히 평범했다.

"주교의 반응은 솔직히 저도 예상하지 못했습니다. 고위 사제분들도 마광산을 보유한 길드와 손을 잡는 것을 환영했습니다만……."

"교단에서 주교의 명령은 절대적이죠."

"며칠 시간을 주신다면 다른 사제분들과 함께 주교님을 다시 한번 설득해 보겠습니다."

조이 요한셀이 카릴에게 먼저 제안을 했다. 어차피 교단에 머무르며 우든 클라우드의 관계자를 찾고자 했던 카릴로서는 마다할 이유가 없었다.

"아 참……. 거래는 그렇다 쳐도 한 가지 말씀드릴 게 있습니다. 경황이 없어 말씀을 드리지 못했네요. 조이 경께서 주교님께 전해 주시면 감사드리겠습니다."

"그게 무슨 말씀이신지……?"

카릴은 조이 요한셀에게 먼저 말했다.

"삼국 아래에 있는 오래된 유적 하나가 있습니다. 혹시 들어보셨는지 모르겠습니다. 예전 마광산 채굴을 준비하는 과정에서 그곳을 발견했지만 눈에 띄는 것은 없어 내버려 두었죠."

"……."

"아시다시피 유적은 위험하지만 그 대신 얻을 수 있는 유물의 가치는 헤아릴 수 없습니다. 솔직히 욕심이 났습니다. 타투르에는 목숨을 내놓고 사는 자들이 모인 곳인지라 반년 전 탐사를 하기로 결정했고요."

"네? 반년 전이라구요?"

조이 요한셀은 놀란 표정을 감추지 않았다.

"네. 반년 전이요."

"허……. 음……."

물론 거짓말이었다. 애초에 유적을 발견한 적도 없거니와 마광산과 유적의 거리도 멀었다. 다만 카릴은 알른 자비우스의 기억 속에 유적의 비밀을 끄집어내어 말할 뿐이었다.

'죽었다 깨어나도 첩자는 못할 양반이군.'

그의 표정을 보면서 카릴은 조이 요한셀의 생각을 쉽게 읽을 수 있었다. 혹여나 자신이 유적에서 얻은 유물이 그저 빈껍데기에 불과하고 알맹이는 이미 빼앗긴 게 아닐까 하는 생각.

'아냐, 그럴 리 없어. 보고를 받고 내려갔을 때 봉인은 풀리지 않은 상태였다. 다른 유적을 말하는 거겠지.'

하지만 조이 요한셀 역시 경험이 있는 터라 쉽사리 카릴의 미끼를 물진 않았다. 그러나 이미 그 찰나의 심경만으로도 카릴은 그의 생각을 흔들기 충분하다고 여겼다.

"용 살해자(Dragon Slayer)."

카릴은 고삐를 늦추지 않았다. 이왕 흔들 거라면 확실하게 자신이 가진 패를 보여 주는 게 나았으니까.

"여담입니다만 온갖 사람들이 모이는 타투르인지라 마침 고대어를 조금 알고 있는 추방 사제가 있어서 유적에서 얻은 유물들을 완벽하지는 않지만 조금 살펴볼 수 있었습니다."

"……."

"그 사제가 말하길 유적 안에 있던 유물은 고대에 존재했다던 마도기병(魔道騎兵)의 설계도라더군요."

카릴은 아무것도 모른 척 말했다.

"마도기병이라면 그 골렘을 말하는 것 아니겠습니까? 제가 알기로 아직까지 운용되는 골렘이 공국에 남아 있다던데……."

"그렇다고 하더군요."

"저희 같은 무지들이 봐야 소용없는 일인지라……. 사제의 말로는 2권의 책으로 되어 있다더군요. 아쉽게도 한 권밖에 저희는 찾지 못했지만 말입니다."

묘한 웃음을 지으며 카릴은 말했다. 조금 전은 거짓말이었지만 지금의 말은 틀린 말은 아니었다. 정말로 그 유적 안에는 아슈칼론의 설계도가 숨겨져 있었으니까.

그리고 그 책은 분명 상, 하로 나누어져 있다. 골렘(Golem)이라 불리는 작동 인형은 마도 시대를 대표하는 유물이었다. 영혼 대신에 시동석의 마력으로 움직이는 녀석들은 교도 용병단의 비공정과 같은 원리였지만 지금도 유적 안에는 여전히 작동하는 골렘이 발견되기도 했으니까.

'하지만 아슈칼론은 특별하지.'

제작자 볼프강 슈마르는 마도 시대에 수많은 골렘을 만든 창조자였다. 하지만 인간인 그는 태생적으로 뛰어난 제작자인 드워프들의 벽을 넘지 못했다. 알른 자비우스와도 잘 알고 있던 그는 말년에 새로운 골렘 하나를 설계했다. 그는 뮤르가(家)

의 역작이라고 불리는 골렘, 엔더러스를 뛰어넘을 마도기병을 만들고자 했었다.

'그리고 성공했지.'

기동력에부터 파괴력, 유지 시간 등등…… 이론상으로 완벽했다.

하지만 그의 설계는 결국 이론에서 그쳤을 뿐 실행되지 못했다.

'골렘을 움직이게 하는 시동석. 그의 설계대로라면 교도 용병단의 비공정을 움직이는 시동석 정도의 엄청난 크기가 들어가야 한다는 거지.'

결국 마도 시대에도 시동석을 구하지 찾지 못해 폐기된 계획이었으니 지금은 당연히 불가능한 일이었다.

'네가 가지고 있는 책은 설계도의 하권. 주로 시동석에 대한 내용이라 상권이 없으면 무슨 말인지 알 수도 없고.'

카릴은 알른의 기억 속에서 상권의 행방을 찾았다. 고서가 잠들어 있는 위치가 무척이나 생각지 못한 곳이라 흥미로웠지만 실현할 수도 없는 골렘을 부활시키고자 시간을 낭비할 생각은 없었다.

'뭐……. 볼프강 슈마르와 같은 천재가 또 나타난다면 모르지만. 정말 그런 자가 나타난다면 마도기병을 만들 수도 있겠지.'

골렘의 위력은 누구보다 카릴이 잘 알고 있었다. 제국이 공국을 침공했을 때 적에 남아 있던 골렘 중에 몇 기를 운용하던 마공학자들에 의해 큰 피해를 입기도 했었으니까.

"마도기병이라……. 놀라운 걸 찾으셨군요."

고서의 뜻도 아직 해석을 하지 못한 조이 요한셀이 이 정도로 자세히 알 수 있을 리 없었다. 그랬다면 애초에 유적의 유물을 그런 식으로 방치하진 않았을 테니까.

"예전부터 교단이 유물의 복원 사업을 하고 있다는 것을 들었습니다. 도움이 되실지 몰라 말씀드립니다."

"그렇습니까……?"

"혹시 모르죠. 정말 골렘 제작에 성공하게 될 수 있다면 교단의 위상은 지금과는 비교도 할 수 없을 정도로 오르지 않겠습니까."

'당신의 입장에선 황제의 위상을 뜻하겠지만.'

조이 요한셀은 카릴의 말에 짐짓 아무렇지 않은 척 말했다.

"흥미로운 이야기네요. 내일 아침 교단에 보고를 올려보겠습니다. 만약 그게 사실이라면 마광석과 별개로 카릴 님을 찾을지도 모르겠습니다."

"저는 꼭 주교와 직접 거래를 하지 않아도 좋습니다. 상인은 그저 이윤이 남는 장사를 하면 되니까요."

"그게 무슨 말씀이신지……?"

"교단의 물자는 주교가 관리하는 것은 아니지 않습니까. 조이 경께서 뜻이 맞는 고위 사제님들을 설득해 주시면 좋을 듯싶은데……. 들어가는 자원이야 타투르에서 충원을 하겠습니다."

"으음."

카릴은 조이 요한셀의 안색을 살폈다.

'그렇게 되면 당신 말고 제국의 편에 선 자가 누구인지도 알 수 있겠지.'

"알겠습니다. 제가 한번 사제님들께도 언질을 줘보지요."

"감사합니다."

뒤돌아가는 그의 발걸음이 어쩐지 조금 속도가 빨라진 듯 보였다.

유적의 유물을 복원하는 것은 사실상 도박에 가까운 일이기도 했다. 하지만 복원만 가능하다면 그 가치는 어마어마했다. 공국의 골렘도 그렇거니와 제국 황가의 무구들까지 어떤 유물은 기사단 하나의 가치를 가지기도 했으니까.

'에이단.'

카릴은 목소리를 내지 않고 입 모양만으로 말했다. 어딘가 어둠 속에 숨어서 자신을 주시하고 있을 그에게 명령을 내렸다.

'저 녀석을 따라가. 누군가에게 연락을 취하는지 알아내.'

대답 대신 정원의 풀잎이 바람과 반대 방향으로 가볍게 흔들렸다.

"흠."

정원에 홀로 남은 카릴은 낮은 한숨을 내쉬면서 하늘을 바라봤다.

'내가 이렇게 약은 녀석이었나.'

그는 자신도 모르게 쓴웃음을 지었다.

'역시나 머리를 쓰는 일은 귀찮아. 그냥 쓸어버리는 게 적성에 맞겠지만…….'

우우우웅…….

허리에 매고 있는 검이 어쩐지 우는 것처럼 낮은 떨림을 토해내고 있었다.

'하지만 얄팍한 머리를 굴리는 녀석들에게 수 싸움을 지는 것도 싫거든.'

십수 년은 그들보다 전장을 굴렀던 자신이었다.

'열심히 고민해 봐라, 조이 요한셀.'

카릴은 조용했던 성도 안에서 이제부터 많은 일이 일어날 것이라는 걸 즐기는 듯 웃으며 걸음을 옮겼다.

[조이 요한셀, 17세. 부모를 알 수 없는 고아, 지학의 나이가 갓 넘었을 때 교단에 입단. 후원자는 알 수 없으나 그의 입단을 받아들인 사제는 제1급 사제 유린 휴가르. 그의 밑에서 5년간 가르침을 받고 정식 사제로 입관. 이후 현재까지 포교 활동을 위해 교단을 떠남. 2년에 한 번씩 귀환하여 보고를 올리는 데 주로 유적의 위치에 대한 보고이며 돌아왔을 때 매번 유린 휴가르를 따로 만남.]

에이단이 보낸 서류에서 조이 요한셀에 대한 것은 어찌 보면 크게 이상한 일은 없었다. 교단에서 그 말고도 유적 발굴을 하는 사제들은 있었으니까.

하지만 카릴이 그의 자료를 보고 교단이 아닌 황제의 사람이라는 직감한 것은 그의 후원자, 유린 휴가르 때문이었다.

'유린 휴가르…… 유린 휴가르라……. 그 이름을 여기서 볼 줄이야. 솔직히 그가 교단의 사제를 하고 있는 것 자체가 웃긴 노릇이군.'

카릴은 보고서에 적힌 이름을 되뇌며 기억을 더듬었다.

전장의 광인(狂人), 유린 휴가르. 제국의 기수로서 가장 많은 삼국 장군의 목을 치고 그의 어깨에 피가 마를 날이 없었다고 전해졌던 대장수인 그가 지금 교단에 있었다. 그것도 1급 사제라는 걸 보고서 카릴은 헛웃음이 났다.

'도대체 얼마나 오래전부터 교단에 자신의 사람들을 심어 놓은 것일까.'

그에게 황제란 이단섬멸령 이외에 큰 존재감은 없었다. 올리번이 황위에 오르고 난 뒤부터 그의 삶에 제국이란 존재가 들어왔었으니까.

카릴에게 황제란 그저 지병으로 사라지기 전에 다음 세대에게 자신이 이루었던 제국을 물려주는 역할에 불과했었다.

'그런데…….'

얼마 남지 않은 목숨을 놓지 않고서 끝까지 권력을 포기하지 않았다.

'타이란 슈테안, 당신은 참으로 욕심이 많은 자로구나. 자식들에게 지금까지 황위를 물려주지 않은 이유도 이 때문이겠지.'

어쩌면 황제인 그가 마지막으로 기댄 곳이 교단이었던 걸지도.

'황제가 죽고 난 뒤, 올리번은 황제가 심어놓았던 모든 사람을 제국으로 불렀다. 그중에 한 명이 유린 휴가르였고 동시에 조이 요한셀도 있는 거지.'

아무렇지 않게 생각했던 역사의 조연들조차 이런 식으로 퍼즐이 맞춰지고 있었다. 시간을 역행해 왔지만 카릴은 신이 아니다. 그가 태어나기 이전의 역사도 알지 못하거니와 그가 경험하지 못했던 일들 역시 당연히 알 수가 없었다.

하지만 새로이 알게 되는 이런 작은 차이를 통해 자신이 알고 있는 역사에 빗대어 더 큰 변화를 줄 수 있을 것이라고 확신했다. 그 미래가 자신이 알고 겪었던 전생의 것보다 더 나은 것이길 바랄 뿐이었다.

"……."

카릴은 벽에 세워 놓은 검을 바라보며 입맛을 다셨다.

"역시 성격에 안 맞아."

이마를 짚으며 낮은 한숨을 내쉬고는 천천히 몸을 일으켰다. 오직 자신만을 생각하는 강함이 곧 질서가 되고 명분이 되었던 과거가 조금 그리워지는 밤이었다.

얼마 지나지 않아 교단은 소란스러워졌다. 카릴은 기다렸던 일이 벌어진다는 걸 알 수 있었다. 비밀리에 교단으로 온 마차 한 대. 호위도 없고 이렇다 할 꾸밈도 없는 것이었지만 마부석에 앉아 있는 자도 마차 안에 있던 사내도 범상치 않은 기를 뿜어내고 있었다.

히이이잉--!!

마차가 멈추고 안에서 내려오는 한 남자. 굽은 허리와 퀭한 눈동자엔 힘이 없어 보였으며 검버섯이 끼어 있는 피부는 생기를 잃었다.

하지만 교단의 사제들이 황급히 나와 그 미라 같은 노인을 맞이했다.

"……."

그중에는 조이 요한셀도 그의 후원자이자 며칠 전 자신과 독대를 했던 유린 휴가르도 보였다.

'실제로 보는 건 처음인가.'

창문 밖으로 얼굴을 내려 보던 카릴은 전생에서도 만나지 못했던 그의 이름을 낮게 불렀다.

"타이란 슈테안."

주름에 가렸음에도 올리번과 닮은 눈매가 어쩐지 거슬리면서도 눈길이 갔다.

에이단은 팔짱을 낀 채로 벽에 기대어 말했다.

“정말 하실 생각이십니까?”

“며칠 동안 조사를 했었잖아. 그리고 네 말대로 조이 요한셀이 지금껏 유적을 탐사했던 이유가 황제 때문이라는 것도 알았고.”

카릴의 말에 에이단은 어깨를 으쓱했다.

“확실히 새벽마다 그가 전서구를 날리긴 했지만 그 새들의 목적지가 꼭 제국이라는 보장도 없는데요. 게다가 설마 교단이 모를 리도 없고요.”

“제국 맞아. 정확히는 저자고.”

“허…….”

확신에 찬 그의 말에 에이단은 살짝 인상을 찡그렸다.

“내가 시킨 대로 했지?”

“네. 분부하신 대로 이틀 전에 조이 요한셀의 방에 마스터께서 주신 인장을 놔뒀습니다. 확인한 것까지 제가 봤는데 별로 반응이 없던데요?”

“반응은 지금으로 충분해. 며칠 전까지만 하더라도 나와 그렇게 대화를 하던 자가 그저께부터 얼굴도 보이지 않잖아.”

카릴은 낮게 웃었다. 그러고는 창문에 기대어 턱을 괸 채로 나른한 목소리로 말했다.

“슬슬 지겨운 이 짓거리도 끝날 때가 됐어.”

황제 타이란 슈테안이 교단에 머물기 시작한 지 열흘이 지났지만, 첫날을 제외하고 헤임은 마치 여느 때와 다름없이 조용했다.

"에이단, 정신 사나우니까 앉아 있는 게 어때? 아니면 차라리 침실에서 자."

늦은 밤, 부산하게 방 안을 배회하는 에이단을 보며 카릴이 말했다.

"어차피 전서구를 날리는지 확인을 해야 해서 나가야 합니다. 태평하게 잠이라뇨."

"그래? 오늘도 수고하는군."

자신과 달리 느긋하게 차를 마시는 카릴을 보며 에이단은 말했다.

"마스터는 궁금하지 않습니까? 미끼를 물어도 이미 물었어야 했는데 말이죠. 저는 지금 이게 시간 낭비가 아닐까 걱정됩니다. 마광산 채광권을 통해서 삼국을 집어삼키고자 했던 때가 더 현실감 있다고요."

카릴은 그의 말에 낮게 웃었다.

"이것도 그 일환이야. 나중에 다 설명해 줄게."

"……."

"아니면 정 궁금하면 암연 사람에게 물어보든가. 동방국의 주인이 어째서 제국보다 먼저 교단에 사람을 심어 놨을까. 다 이유가 있어. 아직 네가 배신을 했다는 건 모르잖아."

"배신이라뇨……. 동방국의 명령을 수행하기 위해서 잠시 루트를 바꾼 것뿐입니다. 좀 더 이익이 있는 자가 대륙의 패권을 잡으면 좋으니까."

"그걸 배신이라고 하는 거지. 그때 내가 안 왔으면 너 주크에게 맞아 죽었을지도 모르잖아. 그 여자 성격이 보통이 아닐걸."

"……잘 아시나 봅니다?"

"아냐?"

"맞습니다."

카릴은 에이단을 놀려 먹는 재미에 그나마 이 지루한 시간을 보낼 수 있다고 생각했다.

'검을 훈련할 수도 마력을 보일 수도 없으니 답답하긴 하군.'

조이 요한셀을 제외하고 교단에 있는 자들 중에 카릴의 실체를 아는 사람은 없었다. 그들에게 있어서 카릴은 그저 타투르에서 온 상인에 불과했으니까.

'그래도 아조르에서 온 회신 덕분에 내가 회색교장을 공략한 자라는 건 확인한 모양인데.'

그와 대화를 마지막으로 나눈 것이 어느새 보름 전이 마지막이었다. 황제가 온 이후 수도 없이 날아오던 전서구도 뜸해졌지만 여전히 이따금 외부에서 들어오는 것들은 있었다.

에이단은 암연에서 배운 특유의 방법으로 전서구의 봉인을 풀어 확인하고 다시 완벽하게 봉인을 바꿔치기했다. 카릴은 그가 올리는 보고를 통해 그들의 머릿속을 훤하게 꿰뚫고 있었다.

'우든 클라우드는 아마 내가 황제를 만난 이후에나 움직이겠지. 조이 요한셀도 어쩌면 그들의 눈치를 살펴 나와 거리를 둔 것일지도 모르고.'

촉박해 보이는 에이단과 달리 카릴은 여전히 느긋한 표정이었다.

'언제가 되었든 결국 날 부르게 되어 있지. 황제의 수명은 얼마 남지 않았으니. 지푸라기라도 잡는 심정으로 말이야.'

교단의 치유술은 대륙 최고라고 할 수 있지만 그렇다고 한들 그들이 할 수 있는 일은 한계가 있다. 부러진 팔과 다리를 고치고 독을 중화시킬 순 있지만, 자연적인 노환을 치유할 수는 없었다.

그건 시간을 돌리는 일과 같은 것이며 신의 윤리에 반하는 일이었으니까.

그에 비해 마력은 다르다. 신이 준 축복임과 동시에 아이러니하게도 올곧은 신의 힘이 아니었으니까.

'마도 시대 이후 마법이 쇠퇴한 이유가 그 때문이라는 학자들도 있지만…… 무슨 상관이람. 그 시절의 마법이 지금 내 머릿속에 있는걸.'

250년 전, 대마도사라고 칭해졌던 카이에 에시르조차 도달

하지 못했던 영역의 지식까지 지금 카릴은 가지고 있었다.

똑- 똑- 똑-

지루했던 기다림을 끊는 소리가 들렸다.

새벽이 가까워진 밤, 교단의 사제들은 다음 날 미사를 위해 일찍 잠이 든다. 이런 시간에 이 방을 찾는 사람은 뻔했다.

끼릭-

카릴은 문을 연 뒤에 밖에 서 있는 남자를 향해 미소를 머금으며 말했다.

"기다렸습니다."

"꼭 눈을 가려야 합니까."

"죄송합니다."

며칠간 교단에서 머물면서 카릴은 대부분의 시간을 방 안에서 보냈다.

'어차피 상관없지만. 정원을 지나서 오른쪽이면 아마 제2건물의 지하인가 보군.'

쓸데없는 의심을 받지 않기 위함이기도 하지만 가장 큰 이유는 필요하지 않아서였다. 이미 그는 에이단을 통해 교단의 배치를 파악한 지 오래였기 때문이다.

스르륵-

눈을 가린 천을 풀자 찬란한 빛으로 가득한 교단의 건물과는 사뭇 다른 느낌이었다. 마력등이 켜져 있어야 할 방엔 촛불이 대신 켜져 있었고 지하는 생각보다 깊어 천장이 까마득하게 높게 보였다.

'교단에 이런 곳이 있을 줄이야. 층 아래 하나만 내려온 것 같은데……. 그사이에 이동 마법을 쓴 건가.'

카릴은 마력 응용의 기척을 느끼지 못했던 것을 떠올리며 건물 안에 만들어진 마법진을 쓴 것일까 하는 생각이 들었다.

'어쨌든 교단 내에서도 비밀스러운 장소임은 분명하군. 하긴……. 앞에 있는 자가 대륙 유일무이한 황제니 당연한 일이겠지.'

하지만 묘했다. 홀 안의 느낌은 율라(Yula)를 모시는 교단의 이미지와는 전혀 달랐기 때문이었다.

"자네가 카릴인가."

홀 안에 울리는 목소리에 카릴은 한쪽 무릎을 꿇고 반대 팔을 그 위에 얹으며 고개를 내렸다.

"용안을 뵈오니 감개무량하옵니다."

황제의 깊은 주름이 움직였다. 미소인지 일그러짐인지 말 모르겠지만 황제는 화려하게 꾸며진 침상에 기대어 카릴을 내려다보며 말했다.

"무구를 내려놓거라."

카릴은 그의 말에 메고 있던 얼음 발톱을 바닥에 풀어 황제 쪽으로 밀었다.

"타투르의 주인이자 아조르의 회색교장에서 살아 돌아왔으며 교단보다 마도 유적을 먼저 조사했다고 들었도다. 그 말이 사실인가."

"조금 다르옵니다."

카릴의 말에 타리안 슈테안의 눈썹이 씰룩였다.

"흐음."

황제의 반응에 카릴은 조이 요한셀을 물끄러미 바라봤다. 그러자 그는 작은 상자 안에서 장신구를 꺼내 황제에게 보였다.

크웰 맥거번의 인장.

"외람되오나 한 가지 빠진 것이 있어 말씀을 올립니다."

황제는 그것을 바라보고는 고개를 끄덕이고는 카릴보다 먼저 그가 하고자 하는 말을 했다.

"무법천지라 불리는 타투르의 주인인 자네가 크웰 맥거번과 관계가 있다……."

차앙-!! 차창……!! 창!!

그 순간 황제의 주변에 있던 자들이 일제히 검을 뽑았다.

"솔직히 믿기 어려운 일이야. 아쉽게도 이를 증명해 줄 당사자는 저 먼 눈보라가 치는 북부에 있지."

"……."

카릴은 친위 기사들을 바라봤다.

"크웰은 오랫동안 제국을 받쳐준 든든한 기사 중 한 명이지. 나 역시 그를 좋아하네. 그가 청기시단을 이끌고 국경을 지켜준 덕분에 제국이 더욱 발전할 수 있었고."

"지당하신 말씀입니다."

자신을 향한 검에도 불구하고 그는 아무렇지 않게 황제의 눈을 피하지 않고 말했다.

"그의 아들들도 보았지. 티렌과 란돌이었지, 아마 모두 양자들이었지. 하지만 둘 다 다른 의미로 총명하더군."

"맥거번가의 자식들은 모두가 뛰어납니다. 비록 양자이나 크웰 경의 안목은 정확하시니까요."

"클클……. 건방지구나. 그런 말을 제 입으로 하다니 말이야. 비천한 자유도시의 사람이 고귀한 기사의 이름을 들먹이다니."

황제는 카릴을 바라보며 가래가 끓는 듯한 목소리로 말했다.

"하나 비천한 자가 폐하의 뜻을 이룰 수 있도록 도와드릴 수도 있겠지요."

"네 녀석이구나. 루레인 공국의 첩자를 잡은 진짜 공로자가. 안 그러냐."

황제는 날카로운 눈빛으로 카릴을 바라봤다.

순간, 카릴은 예상치 못한 그의 말에 자못 놀라지 않을 수 없었다.

'황제는 황제인가……. 1년 전의 일을 아직도 기억하고 있다니 말이야.'

넘겨짚어 본 것일 수도 있겠지만 오랜 세월 동안 숱한 계략과 책략이 오고 가는 황궁에서 살아남은 그의 눈썰미는 결코 평범할 리가 없었다.

"일전에 보고를 받았었다. 그리하여 나는 티렌 맥거번을 궁정마법사인 카딘 루에르의 제자로 들이게 하였고 란돌 맥거번에겐 무구를 하사했지."

황제의 말에 카릴은 생각했다. 란돌이 검을 하사받은 것은 알고 있었지만 티렌이 카딘 루에르의 제자가 된 것은 금시초문이었으니까.

'호랑이에게 날개를 달아준 격이겠군. 가뜩이나 총명한 그의 배경에 궁정마법회가 있으니.'

자신이 만든 변환점으로 인한 결과 중의 하나인 티렌의 미래가 한편으로는 가장 큰 걸림돌을 만든 게 아닐까 하는 생각이 들었다.

'더는 늦출 수 없겠군. 이 일이 끝나면 한시라도 빨리 앤섬 하워드를 만나야겠어.'

티렌 맥거번이 카딘 루에르의 곁에 있다면 아카데미에 들어갈 확률이 높았다.

'아카데미엔 제국 최강의 마법사가 될 세르가가 있다. 티렌은 절대로 그를 놓치지 않을 터. 뿐만 아니라…… 황궁에 있다면 내 예상보다 빠르게 제국의 책사가 될 브랜 가문트와의 인연 이어질지도 모른다.'

불세출의 천재이자 재상에 오를 티렌 맥거번과 제국 7강 중

두 명과의 만남. 언젠가 만나게 될 운명이긴 하지만 굳이 그 시기를 앞당기는 것은 카릴로서는 달갑지 않은 일이었다.

“하지만 두 아이 모두 싸움과는 어울리지 않은 애송이들이었다. 고블린 대군 사이에서 첩자를 찾았다? 5년 뒤라면 가능하겠지. 하지만 지금은 아니야.”

황제는 카릴을 향해 손짓했다.

저벅- 저벅- 저벅-

두 사람의 거리가 좁혀졌다. 여전히 친위 기사들의 긴장감 속에서 카릴은 담담히 황제의 앞으로 걸어갔다.

“하지만 네 녀석의 눈은 다르구나. 올해 나이가 어떻게 되느냐.”

“열셋이옵니다.”

“지학(志學)의 나이도 되지 않은 꼬마가 이미 살인자의 눈을 가지고 있다니 말이야. 게다가 크웰과 인연까지……. 혹시 그가 숨겨 놓은 양자라도 되느냐.”

“…….”

침묵이 흘렀다. 기껏해야 몇 초에 불과한 그 시간이 마치 카릴에겐 탑을 거슬러 올라갔을 때처럼 길게 느껴졌다.

“훗, 됐다. 그게 뭐가 중요하겠느냐. 그의 양자이든 그의 심복이든……. 언젠가 알게 될 터. 중요한 것은 제국의 사람이라는 것 아니겠느냐.”

카릴은 그의 말에 옅은 미소를 지었다.

‘역시 능구렁이 같은 작자야.’

권좌에 오르게 되면 모두 이처럼 변하게 되는 걸까.

카릴은 전생에 보지 못했던, 자신의 부족을 멸족시킨 당사자를 눈앞에 두고서 생각했다.

"조이 경에게 들었네. 자네가 흥미로운 얘기를 했다지."

"그저 마광산을 개발하던 도중에 발견되었던 유적에 대한 이야기를 조금 나누었을 뿐입니다만……. 조이 경이 폐하와 연이 닿아 있을 줄은 몰랐습니다."

"이 또한 인연이지 않으냐."

"그렇습니다."

황제는 카릴을 바라보며 껄껄 웃었다.

'혓바닥이 푸르고 눈 밑이 검다. 그리고 눈동자의 핏줄이 가시지 않고 마치 패인 것처럼 두 뺨의 살갗이 군데군데 벗겨져 있고…….'

그가 웃을 때마다 생기를 잃은 피부가 볼썽사납게 흔들렸다.

카릴은 입안이 썼다.

'노환으로 죽은 게 아니었구나.'

이 증상을 알고 있다. 딱 한 번 전생에서 본 적이 있기 때문이다. 어린 제3황자가 죽을 때의 모습이 그의 머릿속에서 스치고 지나갔다.

무색무취의 독, 미명(未明). 북부에서 유일하게 잔나비 부족이 쓰는 극독이었다.

'증상은 나타나지만 이미 발병이 되었을 땐 늦었다. 치유법

도 존재하지 않고 지금 시기라면 제국에는 알려지지 않은 독이기도 하니까.'

카릴 역시 수년이 지난 이후에나 알게 된 것이었다.

'누구지.'

불현듯 궁금해졌다. 제국의 황제에게 독을 먹일 정도로 대범한 짓을 한 자의 정체가.

'한두 번이 아니야. 적어도 수개월 혹은 수년.'

"……."

그렇게 생각이 되자 황제를 바라보는 카릴의 눈빛이 변했다. 가죽밖에 남지 않은 몰골임에도 불구하고 자신이 흘린 말에 교단의 비밀 장소에까지 부른 것은 마치 저잣거리의 약장수들에게 속아 효과도 없는 약을 사는 노인과 무엇이 다를까. 황제는 기민하고 날카로웠지만 자신의 목숨이 걸린 일 앞에선 결국 나약할 뿐이었다.

하지만 연민은 아니다. 그의 어깨 위로 수천, 수만의 이민족의 영혼이 매달려 있을 테니까.

'이들 중에 내 아버지도 있을 테지.'

위대한 일족의 전사, 칼리악.

카릴은 과거를 거슬러 올라가는 탑 속에서 많은 고민을 했었다. 탑의 층계를 더 오른다면 어쩌면 황제가 이단섬멸령을 내리기 전으로 돌아가 북부의 이민족들을 살릴 수 있지 않을까.

하지만 그는 결단을 내려야 했다. 만약 그 결정으로 인해 자신이 크웰과의 인연을 맺지 못한다면 아인헤리에서 용마력을 얻을 수 없을 테니까.

혈연과 미래 중에 내려야 할 선택.

"……."

스스로 내린 결정이었다. 이제 와서 잊혀진 일이라고 생각했던 아버지의 죽음이 부질없이 떠올랐다. 그의 목숨을 끊은 황제가 자신의 목숨을 부지하기 위해 이렇게 생면부지의 자신을 불렀으니. 과연 상상이나 할 수 있을까?

"네가 했던 이야기를 조금 더 듣고 싶구나."

"얼마든지 해드리겠습니다."

"내가 그것을 얻기 위해 네게 무엇을 주면 되느냐."

카릴은 황제의 말에 나지막하게 웃었다.

"흐음, 글쎄요."

지금까지와는 다른 그의 반응에 모든 이의 시선이 쏠렸다. 무겁게 짓누르는 공기를 뚫고 카릴은 담담하게 말했다.

"제국이라도 내어주시겠습니까."

"네 이놈!! 무엄하다!!"

"감히 어느 안전이라고 혀를 놀리느냐!!"

기사들이 카릴을 향해 소리쳤다. 그러나 정작 당사자인 황제는 그를 보고 아무렇지 않은 표정으로 가벼이 웃었다.

눈앞에 있는 타이란 슈테안이 어떤 자인가. 그는 수년 간 황제의 자리에 오르기까지 산전수전을 다 겪어 보았던 황제였다. 북부의 눈보라와 남부의 뜨거운 태양 속에서 살아남는 것만이 힘든 것이 아니었다.

"농이 지나치구나."

냉기와 열기보다 더 치열하고 혹독한 암투 속에서 정상에 오른 그였으니 고작 이 정도의 도발로 그를 흔들 순 없었다.

하지만 그건 카릴 역시 마찬가지였다.

비록 황궁의 삶을 겪어 보지는 못했지만, 그는 생과 사의 기로에 섰던 전장에서 살아왔지 않던가. 그뿐만 아니라 믿었던 친우의 배신까지 겪으며 칼을 갈았던 자이니 가히 쉬운 상대가 아니었다.

"그만큼 위험한 일이라는 뜻입니다."

"제국이 하지 못하는 일이라면 그 누구도 하지 못하는 일이겠지."

"한 사람을 제외하고 말이죠."

"그게 누구지?"

"폐하의 앞에 있지 않습니까."

검을 뽑아 든 기사들의 패기가 무색할 만큼 두 사람의 대화는 마치 살얼음판을 걷는 것처럼 느껴질 정도로 아슬아슬했다.

"……."

보지 않아도 알 수 있다. 지금 카릴의 모습을 보며 조이 요한셀은 분명 난색을 표하고 있을 것이다. 자신이 직접 데리고 온 사람이 이토록 무례를 저지르고 있다니 어쩌면 그의 목까지 날아갈지도 모르는 일이었으니까.

"크…… 크큭."

하지만 놀랍게도 그 침묵을 깬 것은 황제였다. 그는 카릴의 말에 낮은 웃음을 터뜨렸다.

"널 보고 있으니 신기하게도 2황자가 떠오르는구나. 결코, 닮은 구석이라곤 하나도 없는데 말이다."

"……."

"말해보거라. 네가 아는 것을."

"폐하께서는 타투르의 암시장을 아시는지요."

"물론이다. 부끄러운 일이지만 제국의 귀족들도 이따금 그곳을 이용하는 녀석들이 있다던데. 소문으로는 황궁의 보고에도 없는 물건도 있다지."

"모든 빛나는 것은 황궁에 있으나 빛나지 않은 모든 것은 암시장에 찾을 수 있으니까요."

"네 말을 들으니 궁금하기도 하구나."

"기회가 된다면 언제든 모시겠습니다. 약간의 악취와 피비린내가 괜찮으시다면."

"그 둘을 떼어 놓고 권좌에 오를 순 없는 법이지."

조이 요한셀은 두 사람의 대화에 자신도 모르게 그의 후원자인 유린 휴가르를 바라봤다.

하지만 놀라긴 그 역시 마찬가지였다. 일흔이 넘은 황제와 이제 겨우 열세 살에 불과한 카릴은 전생에서도 그리고 현생에서도 처음 보는 사이였다. 조이와 유린이 카릴이 시간 회귀자라는 것을 알 리는 없지만 그 사실을 떠나서도 마치 두 사람이 오래전부터 알고 있는 것처럼 죽이 잘 맞는 모습은 믿을 수 없는 일이었다.

물론 이 짧은 대화 속에 창과 방패가 숱하게 오고 갔다는 것을 모를 테지만.

"암시장 안에는 많은 것이 있습니다. 때로는 왕가에 보내져야 할 유적의 유물들까지 말이죠."

"호오."

"귀족과 기사들의 나태를 고하고자 하는 것은 아닙니다. 다만, 그들의 불충 덕분에 저희가 유적을 탐사하고 유물을 구하기도 하며 이렇게 폐하 앞에 시간을 빼앗기지 않고 바라시는 것을 드릴 수 있지 않겠습니까."

"불충이 곧 충성이라 재밌는 소리구나."

"조이 경께서 이번에 삼국의 자제들과 함께 유적을 탐사하지 않으셨습니까. 그리고 그곳에서 마도기병의 고서를 얻으셨고요."

"그걸……."

카릴의 말에 조이 요한셀은 당혹스러운 표정을 지었다. 실제로 그가 말하기 전까지 그 고서의 내용은커녕 진위조차 알지 못했었으니까.

"골렘의 핵은 일종의 마도석. 마광산에서 얻을 수 있는 속성석과는 다릅니다. 강렬한 마법이 응축되어 있는 광물은 마도 시대에도 구하기 어려운 것이었죠."

"그래서?"

"태초의 마법사들이라 불리는 마도 시대의 번영을 이끌었던 7인의 원로회는 그 마도석에 대한 연구를 했습니다. 거대한 골렘을 움직이게 할 정도의 힘을 다른 곳에 쓸 수 있진 않을까, 그 결과."

카릴은 오랜만에 그의 이름을 꺼내어 보았다.

"알른 자비우스는 한 가지 흥미로운 것을 찾아냈습니다. 강렬한 마력을 통한 생명의 연장."

"……."

그의 말에 계속해서 추임새를 넣으며 느긋한 모습을 보이던 황제의 입술이 닫혔다.

"네가 그걸 알고 있다는 말이냐."

"저 역시 겪어 본 것이 아니기에 확신할 순 없지만 적어도 그와 관련된 정보를 알고는 있습니다."

카릴은 확신도 그렇다고 의심도 주지 않았다. 선택은 오로지 황제에게 맡겼다. 어차피 그가 내릴 결정은 뻔했으니까.

"조심스럽게 예측해 봅니다. 사실 이번 조이 경의 유적 탐사 역시 그 일환이 아닐지……. 유적 탐사는 공식적으로 교단의 업무이니 의심을 살 이유도 없고 말입니다."

카릴은 알고 있는 미래의 역사와 알른 자비우스의 과거의 지식을 절묘하게 퍼즐을 맞추듯 이어 붙이며 마치 자신이 한 추측처럼 얘기했다.

"다만……. 폐하께서 원하시는 유물이 있는 유적을 저희들이 먼저 찾은 것이겠지요."

물론 거짓말이다. 마도 시대에 그런 것이 존재했다면 이미 7인의 원로회는 영생을 살았을 것이며 오히려 그 시절보다 마법이 퇴보되는 일은 없었을 테니까.

알른 자비우스의 기억 창고를 뒤져본다 한들 그런 효과를 가진 유물과 유적은 존재하지 않았다. 그럼에도 불구하고 카릴이 이토록 자신 있게 그에게 미끼를 던질 수 있는 이유. 거짓말이되 거짓말이 아니기 때문이다.

'영생의 유물은 없지만 나는 황제의 생명을 늘려 줄 순 있다. 왜냐면 미명의 해독법을 알고 있으니까.'

지금 시대에는 해독법은커녕 독의 정체도 알지 못할 것이다.

올리번이 황제에 오르고 난 뒤 북부의 이민족들을 흡수하면서 그 사용법을 얻은 것이었으니까.

황궁 안에는 치유사와 사제들이 있으니 독이 해독되는 것만으로도 건강을 되찾을 수 있을 터.

타이란 슈테안의 수명은 분명 늘어날 것이다.

"원하는 것을 말해보거라."

황제가 다시 한번 물었다.

카릴은 드디어 때가 왔다고 생각했다.

"폐하께선 삼국에 대해서 어떻게 생각하십니까."

"무슨 의미지?"

"저는 삼국이 멸하지 않길 바랍니다. 이는 저기 있는 조이 경에게도 그 뜻을 밝혔습니다."

카릴의 말에 조이 요한셀은 왼쪽 가슴에 손을 얹고는 황제에게 고개를 숙였다.

"흐음."

"제국은 현재 이단섬멸령을 통해 북부에 진출하고 있는 상황. 하나 삼국 정벌에 대한 의지가 없는 것은 아니겠지요."

황제는 흥미롭게 카릴을 바라봤다.

"반면 동맹에 대한 의사는 전혀 없으시지 않습니까."

"그래서?"

제국에게 이스트리아 삼국은 계륵 같은 존재였다. 힘으로 찍어 누를 수 없는 것은 아니지만 그런 도중에 공국의 위협을 받을 수 있었다.

하지만 그렇다고 동맹을 맺자니 제국의 욕심에 부합하지 않았다. 그렇게 백여 년 가까이 대륙 3강의 구도가 이어지고 있었다. 누구 하나 쉽게 공격하지 못했으며 누구 하나 쉽사리 동맹의 손을 내비치기도 어려웠다.

"제가 삼국을 가지겠습니다."

"무어라……?"

"부디 그동안 타투르와 삼국을 공국으로부터 지켜주시기 바랍니다. 또한, 제국이 삼국을 치는 일도 없게 해주십시오."

순간 홀 안에 정적이 흘렀다. 너무나도 허무맹랑한 소리라 황제는 자신의 귀를 의심했다.

"크…… 크하하하!!"

그러고는 카릴의 말이 끝남과 동시에 미친 듯이 웃기 시작했다. 그의 목소리가 쩌렁쩌렁하게 홀 안에 메아리쳤다.

"근래 가장 우스운 이야기로구나. 그래. 좋다. 삼국을 어떻게 네 손에 넣을지는 네 몫이겠지만 상인으로서 거래를 잘하지 못하는구나. 쿨럭, 쿨럭."

황제는 손짓을 했다. 그러자 뒤에 있던 시종이 자수가 놓인 손수건을 그에게 건넸다. 입가를 닦아내자 붉은 핏덩이가 묻어났다.

'독의 전이가 심하군. 치유를 위해서라도 서둘러야겠어.'

카릴은 그를 바라보며 생각했다.

"제국은 삼국을 칠 이유가 없다. 공국 역시 쉽사리 움직일 수 없겠지. 제국과 같은 이유로 말이야."

황제는 핏덩이를 뱉어내고 난 뒤에도 어쩐지 즐거운 듯 카릴을 향해 말했다. 마치 손자를 대하는 듯한 모습 같았다.

"……."

하지만 그 즐거움도 잠시.

카릴은 나지막한 목소리로 말했다.

"남부의 야만족에 의해 려기사단이 전멸했습니다. 폐하의 명이거나 혹은 황자들의 독단일지 모르지요. 하지만 곧 황궁으로 그 소식이 도착할 겁니다."

"……!!"

타이란 슈테안의 눈동자가 커졌다. 그의 모습에서 카릴은 자신의 예상대로 아직 소식이 알려지지 않았다는 것을 알 수 있었다.

"……뭐? 그것이 사실이더냐."

"지리적인 특성상 타투르는 남부의 소식들도 빠르게 취할 수 있으니까요……."

도박이었다. 지금껏 그가 고민했던 것이 바로 숨겨 놓은 패를 스스로 꺼낼지 말지에 대해서였다. 만약 그가 황제를 독대하지 못했다면 이 사실을 숨기고 삼국을 취하는 방향을 선택했을 것이다.

하지만 직접 황제와 거래를 할 수 있게 된다면 카릴은 이 사실을 털어놓을 생각이었다.

'그렇게 함으로써 내가 가진 약점은 사라지고 오히려 황제의 비호를 받을 수 있게 된다.'

황제에게 있어 기사는 분명 소중한 자원이지만 결코 자신의 목숨보다는 가벼웠으니까.

"보고가 올라오게 되면 제국은 분명 남부를 칠 터. 그러나 대군이 이동하는 길목에 있는 삼국은 쉽사리 성문을 열기 어려울 겁니다."

"네 말은 남부 토벌을 위한 대군과 삼국이 격돌할 수도 있다는 말이로군."

"그렇습니다."

"흐음……."

황제는 처음으로 카릴과의 대화에서 수심이 담긴 한숨을 토해냈다.

만약 기사단을 전멸시킨 장본인이 그라는 것을 알게 되면 그는 어떤 표정을 지을까.

카릴은 스스로 자신이 이토록 연기에 소질이 있는가 하며 쓴웃음을 지었다.

"윤허하겠다."

"폐…… 폐하."

황제의 말에 기사들은 놀란 얼굴로 바라봤다.

"하나 자네가 나와의 약속을 이행하지 못한다면 제국은 남부를 떠나 삼국 아니, 타투르를 먼저 처단하게 되겠지."

"지당하신 말씀이옵니다."

"정말 너 같은 자가 있을 줄이야. 네 나이가 정말 열셋이 맞느냐. 가슴 속에 뱀이 수 마리는 살고 있겠어. 능구렁이 같은 재상보다 더한 녀석이로구나."

황제는 어쩐지 흐뭇한 표정으로 그에게 말했다.

카릴을 자신과 동종이라고 생각한 걸까.

그의 모습은 꼭 카릴과의 거래를 마지막 유희처럼 즐기고 있는 것처럼 보였다.

"하오면……."

아직 끝나지 않았다. 황제는 카릴에게 볼일이 끝났을지 모르지만 카릴은 그렇지 않았다. 알현 자체만으로도 엄청난 사건이지만 그에겐 이곳에 온 또 다른 목적이 있었으니까.

바로 우든 클라우드(Wooden Cloud).

카릴은 천천히 고개를 돌리며 홀 안을 훑어봤다. 이 안에 있는 사람이라고는 조이 요한셀 그리고 유린 휴가르을 제외하고 황제의 호위 기사와 시종뿐이었다.

"저자의 목숨을 주시면 안 되겠습니까."

카릴은 한 남자를 가리켰다.

"……!!"

뒤에 서 있던 시종은 화들짝 놀라며 카릴을 바라봤다. 황제는 이유를 물을 생각도 물을 필요도 없다는 얼굴로 말했다.

"어려운 일은 아니지."

"흐익?!"

황제의 손이 천천히 위에서 아래로 떨어지자 남자의 옆에서 있던 기사가 있는 망설임 없이 그의 허리를 베었다.

촤아악……!!

침상 위에 튄 핏방울 바라보며 황제는 나지막하게 웃었다.

"이걸 서약서 대신으로 하지."

마치 꿈에서 깨어난 것 같은 기분이었다. 방으로 돌아온 카릴은 황제의 모습을 떠올리며 생각했다.

'주사위는 던져졌다. 조이 요한셀이 황제의 측근이라는 것이 확인되었을 때 가장 의심할 수 있는 자는 시종뿐.'

황제의 친위 기사는 실력도 실력이거니와 그 신분이 확실시되지 않으면 입단할 수도 없었으며 황제가 직접 선출하는 자들이기 때문이다.

'설령…….'

아니어도 상관없다. 혹여나 친위 기사들 중에 우든 클라우드가 있다 하더라도 조금 전 광경에 분명 반응이 올 테니까.

황제와의 거래에서든 아니면 죽은 시종의 모습으로부터 자신들의 존재를 알고 있다고 암시한 모습에서든 말이다.

똑- 똑- 똑-

늦은 밤 낮게 울리는 문소리에 카릴은 역시나 하는 표정으로 입꼬리를 올렸다.

"이것 참……."

그러나 그가 문을 열었을 때 그는 자신을 찾아온 뜻밖의 손님에 헛웃음을 짓고 말았다.

"놀랍군. 나도 예상하지 못했는데……. 정말 대륙에 비상한 머리를 가진 자들이 많아."

"……."

문 앞에 서 있는 작은 소년. 얼굴을 가리고 작은 촛대를 들고 있는 아이는 아무런 말도 하지 않고 카릴에게 쪽지 하나를 건넸다.

"너였나."

다름 아닌 교단이 자신을 감시하기 위해 그의 시종으로 붙였다고 생각했던 수련생이었다.

to be continued

Wish Books
나는 될 놈이다
글쓰는기계 게임 판타지 장편소설
WISHBOOKS GAME FANTASY STORY
판타지 온라인의 투기장.
대장장이로 PVP 랭킹을 휩쓴 남자가 있다?
"아니, 어디서 이런 미친놈이 나타나서……."
랭킹 20위, 일대일 싸움 특화형 도적, 패배!
"항복!"
'바퀴벌레'라고 불릴 정도로
끈질긴 생명력을 가진 성기사조차 패배!
"판타지 온라인 2, 다음 달에 나온다고 했지?"
평범함을 거부하는 남자, 김태현!
그가 써내려가는 신개념 게임 정복기!

Wish Books
무공을 배우다
목마 퓨전 판타지 장편소설
WISHBOOKS FUSION FANTASY STORY
"무(武)를 아느냐?"
잠결에 들린 처음 듣는 목소리에 눈을 떴을 때,
눈앞에 노인이 앉아 있었다.
"싸움해 본 적 있나?"
"없는데요."
[무공을 배우다.]
20년 동안 무공을 배운 백현,
어비스에 침식된 현대로 귀환하다!
'현실은 고작 5년밖에 지나지 않았다고?'